Collection folio junior

Evelyne Brisou-Pellen est née à Coëtquidan en 1947. Pendant son enfance et son adolescence, elle vit successivement à Meknès (Maroc), Rennes puis Vannes. Après ses études secondaires, elle revient à Rennes pour poursuivre en faculté des études de lettres modernes. Ce n'est qu'en 1978 qu'elle vient par hasard à la littérature, écrivant d'abord des petits contes destinés à des journaux pour enfants, puis deux romans, *Le Mystère de la nuit des pierres* et *La Cour aux étoiles*. Elle s'est vu décerner le grand prix du livre pour la Jeunesse 1984 du ministère de la Jeunesse et des Sports pour son troisième roman, *Prisonnière des Mongols*.

Evelyne Brisou-Pellen a publié *Le Fantôme de maître Guillemin*, *Le crâne percé d'un trou* et *L'Inconnu du donjon*, dans la collection Folio Junior.

Daniel Moignot, né dans la douceur angevine, poursuit des études classiques avant de partir voyager dans toute l'Europe. Une rencontre avec un réalisateur de dessins animés lui permet d'exploiter ses talents. Six longs métrages et quelques publicités plus tard, il tourne la page et entame une carrière d'illustrateur. Chez Gallimard-Jeunesse, il collabore à l'Encyclopédie de Benjamin, à Découvertes Junior et réalise des couvertures pour la collection Un livre dont vous êtes le Héros.

Morgan est né en 1948 dans le Wurtemberg. Il débute comme dessinateur de presse au quotidien *Ouest-France*, puis collabore à de nombreux journaux: *Le Nouvel Os à moelle*, *Le Matin* et le *Monde-Dimanche*. Morgan a aussi sculpté et costumé des marionnettes pour plusieurs spectacles dont *Pierrot ou les Secrets de la nuit* de Michel Tournier, *Le Roi se meurt* d'Eugène Ionesco, *Pinocchio* de Collodi... Pour la collection Folio Junior, il a illustré entre autres *L'Enfant qui parlait aux animaux* de Roald Dahl, *Le Scarabée d'or* d'Edgar Allan Poe.

Evelyne Brisou-Pellen

Le défi des druides

Illustrations de Morgan

Rageot

Pour Anne-Kristell

1

Sencha s'arrêta un instant et contempla la colline. Jamais il n'aurait pensé que l'émotion pourrait à ce point lui serrer la gorge. Il était là, il était bel et bien là, et c'était sa colline, toute jaune de l'éclat des genêts de printemps.

Sans même y penser, il avait fait glisser son sac de chanvre de son épaule, et le laissait pendre au bout de son bras. Il était arrivé. Un léger sourire se dessina sous sa moustache blonde. Son manteau de voyageur était gris de la poussière des chemins, si souvent la pluie l'avait détrempé, le soleil l'avait séché, la rosée l'avait alourdi. Mais aujourd'hui c'était fini.

Bien sûr, s'il avait trouvé au départ de l'île de Bretagne[1] un navire vénète en partance pour Darioritum, il serait arrivé bien avant, mais le seul bateau qui mouillait au bord du quai était un vaisseau grec qui l'avait déposé sur la côte nord,

1. Aujourd'hui la Grande-Bretagne.

Sencha s'arrêta un instant et contempla la colline. Jamais il n'aurait pensé que l'émotion pourrait à ce point lui serrer la gorge.

loin, chez les Osismii, et il avait dû traverser toute l'Armorique[1] à pied.

Aujourd'hui, il ne le regrettait pas. Il avait eu du plaisir à venir lentement, à retrouver peu à peu les odeurs, à guetter du plus loin une maison, un arbre, un menhir, qui lui seraient familiers.

L'envie lui prit de pousser un cri long et strident, comme autrefois. Puis il songea que Fingan ne reconnaîtrait pas sa voix : lorsqu'il avait quitté la colline, il n'était encore qu'un enfant. Depuis, il avait mué et il sentait sur son visage le fin duvet de sa moustache et de sa barbe. Il était presque un homme. Il avait dix-sept ans.

Non, Fingan ne reconnaîtrait pas sa voix, mais il reconnaîtrait le cri... le cri qui se répercutait maintenant sur les gros rochers parsemant la colline de leurs taches grises et de leurs arêtes vives.

Sencha avait décidé qu'il valait mieux prévenir : Fingan devait être bien vieux maintenant et une émotion trop forte pouvait l'emporter.

Sencha remit son sac sur l'épaule. Il ne pesait plus guère, ce sac. Il était surtout plein du vent de la mer et de l'odeur des souvenirs.

– Sencha, mon petit, c'est bien toi ?

Sans répondre, le jeune homme serra le corps décharné dans ses bras.

– Vous n'avez pas changé, Fingan, remarqua-t-il enfin d'une voix chaude.

Il resta un moment à contempler le vieillard, ses longs cheveux, sa barbe tombant jusqu'à la

1. En celte, *Aremorica* (Armorique) signifie « qui regarde la mer ». C'est la région qu'on nomme aujourd'hui la Bretagne.

taille, presque du même blanc que sa robe de druide. Sous les larges bracelets d'or qui enserraient ses poignets, la peau s'était parcheminée.

– Toi, tu as changé, Sencha.

– Comment savez-vous cela ?... Vos yeux...

– Mes yeux ne verront plus jamais, tu le sais bien. Mais je sens que ta voix m'arrive plus grave et de plus haut qu'autrefois... Assieds-toi, mon fils, et parle-moi de toi, de là-bas, de tout.

Sencha s'accroupit devant la hutte de branchages, sur la mousse épaisse, et raconta pêle-mêle ses cinq années d'études auprès des druides de l'île de Bretagne, le mal de mer qui lui avait gâché la traversée, l'enseignement de Duromnix, la philosophie et la médecine, le bateau grec qui tanguait et n'avait pu aborder au port d'Aleth à cause de la tempête, les batailles à l'épée...

– Qu'as-tu retenu d'important ?

Sencha fut pris au dépourvu. Il dut réfléchir un instant :

– Je ne sais... La première chose qui me vienne immédiatement à l'esprit, c'est la phrase que j'ai si souvent entendue, la même que vous m'avez toujours répétée : « Honore tes dieux, ne commets pas le mal, fais preuve de courage. »

– C'est un bon début. Combien as-tu appris de textes ?

– Je n'en connais que quarante-huit par cœur... Je ne sais rien. Je sens bien mon ignorance...

Fingan eut un geste de réconfort.

– Tu as encore du temps devant toi. Chaque jour apporte sa pierre à la science, et tu n'as fait que huit années d'études. Aie confiance, les dix-sept ans qui te restent pour approfondir tes connaissances feront de toi un bon druide. Tu as encore du temps devant toi.

Le vieil homme s'était tu. Son regard aveugle se perdait dans le bois de pins, ses doigts noueux se croisaient et se décroisaient.

– Vois-tu, dit-il enfin, je crois qu'aujourd'hui j'y arriverais... oui, aujourd'hui je saurais arrêter la course du soleil... Ne commets pas la même erreur que moi : n'essaie pas trop tôt. Il y a vingt ans, je n'étais pas mûr, je me suis brûlé les yeux pour rien ; ma science était insuffisante. Le soleil m'a détruit la vue, et ne s'est pas arrêté.

« Aujourd'hui, je le sais, j'y arriverais, mais mes yeux n'ont plus le pouvoir... Je peux faire obéir le vent et la grêle, déchaîner la tempête et tarir les sources, mais sur le soleil, je n'ai plus d'emprise.

Sencha baissa la tête, attendant la fin de la méditation du vieux druide. Enfin, Fingan reprit :

– Es-tu passé au village ?

– Je suis venu directement ici. C'est vous mon père spirituel. C'est à vous que mon éducation a été confiée... Y a-t-il quelque chose de nouveau, là-bas ?

– J'y vais rarement. Depuis la mort de ma femme, les honneurs ne m'intéressent plus, l'escorte de vingt-quatre guerriers liée à ma charge me pèse. La seule chose que je puisse te dire est que tu ne trouveras rien de profondément changé. L'âme de nos frères demeure la même. Peut-être ai-je tort de généraliser, mais il me semble que le Celte reste aussi batailleur, aussi braillard, aussi téméraire que par le passé. Il se décourage aussi vite qu'il s'est enflammé... Pourtant il garde sa droiture et sa générosité, il faut le reconnaître.

Sencha acquiesça en souriant, avant de s'inquiéter :

– Et ma mère ? Dites-moi...

– Elle va mieux... L'hiver lui a été mauvais : une vilaine toux qui ne lui laissait pas de répit. Son mal et moi, nous avons dû lutter l'un contre l'autre pendant des jours mais, malgré la faiblesse de ma science, j'ai enfin eu le dessus. Je l'ai chassé, je ne suis pas sûr de l'avoir écrasé, et peut-être guette-t-il encore quelque part.

Sencha caressa d'une main distraite la mousse souple sur laquelle courait un mille-pattes doré.

– Et Simon ? demanda-t-il enfin, presque à regret.

– Je ne peux hélas rien pour lui, pauvre petit !... Mais il faut que tu saches autre chose, Sencha : Mog, ton père, a pris de l'autorité ! Depuis la mort de ton oncle, il est devenu chef du clan, chef du village et aussi de tous les clans alliés. Cela fait un grand peuple car nos familles se sont beaucoup agrandies depuis ton départ. Le temps a été clément et les nouveau-nés ont mieux résisté, nous n'avons pas eu de grave maladie... Pourtant...

– ...

– Comment te dire ?... Il s'est passé quelque chose, quelque chose de grave.

– Dans ma famille ?

– Non... du moins, je ne sais pas. Ce n'est pas une chose qui est arrivée...

Sencha contempla le vieillard sans rien dire. Il

ne comprenait pas et c'est sans doute pour cette raison qu'il sentait que c'était très grave.

– Il y a peu de temps, reprit Fingan, s'est tenu notre grand conseil. Je crois que, pour la première fois depuis longtemps, tous les druides, absolument tous, étaient présents. Même les plus vieux avaient pu se déplacer. Pas de blessé. Pas de malade.

« Il a fallu trois jours pour qu'arrivent ceux des plus lointaines contrées, mais nous étions tous au rendez-vous, à l'orée de la forêt des Carnutes.

« Lorsque nous y avons pénétré ensemble, rien dans les sous-bois ne faisait présager ce que nous allions découvrir. Tout semblait normal, et les animaux nous regardaient passer sans s'émouvoir.

« Et puis nous sommes arrivés à la clairière des grands rassemblements. C'est là que nous attendait la plus désagréable surprise que j'aie jamais eue. Les arbres, ces arbres magnifiques, centenaires, aux frondaisons si denses, si hautes, qui touchaient à l'empire des dieux, ces arbres avaient séché.

« Ils étaient noirs, et sombres, et nus. Nous avons tous compris. La voix des dieux nous avait atteints dans notre chair, nous avait envoyé ce malheureux présage. Quelque chose est en train de se dessécher sur notre terre. Quelque chose va mourir.

Sencha resta immobile. L'avertissement était grave, la confrérie des druides ne s'y était pas trompée ; les dieux Lug, Cernunnos, Bellenos avaient parlé. Mais quel était le sens de leurs paroles ?

2

– Arrête ! Si tu fais un pas de plus, je te plante le fer de ma hache en pleine poitrine.

Sencha s'immobilisa de l'autre côté du fossé envahi par les hautes herbes. Il regarda l'homme d'en face et ouvrit grand ses mains, pour bien montrer que ses intentions étaient pacifiques.

– Je voulais seulement couper au plus court, expliqua-t-il enfin.

– Tu n'as pas vu ces fossés ? aboya l'homme. Les limites de ma propriété ?

De ses grandes mains épaisses et calleuses de paysan, il tenait toujours sa hache de façon menaçante. Dans la chaleur de midi, sa tunique de lin collait à sa peau et ses braies [1] bâillaient au-dessus de ses pieds poussiéreux, nus dans ses sandales.

– Je n'aurais pas écrasé le blé, dit encore Sencha. J'aurais seulement longé...

1. Sorte de pantalon des Gaulois, des Germains et de divers peuples de l'Europe septentrionale.

– Seulement longé... grimaça l'homme. Et d'abord, je ne te connais pas. De quel clan es-tu ?

– Je suis, commença Sencha en prenant soin de garder les mains loin de sa ceinture d'où dépassaient sa fronde et son poignard, du clan de Dallan. Mais j'appartiens aussi par ma mère à celui de Condla, car ma mère est la fille d'une des sœurs de Modhan.

L'homme examina d'un œil critique les cheveux clairs, légèrement ondulés, qui s'arrêtaient aux épaules, les bras nus et déjà musclés du jeune homme. Les braies étaient de bonne toile. Les yeux témoignaient d'une impatience contenue, mais sans agressivité véritable.

– Va ton chemin, dit-il enfin.

Il allait tourner le dos, mais il se ravisa :

– Ces fossés que tu vois, je les ai creusés de mes mains, et ce n'est pas pour qu'un...

Sencha fixa l'homme dans les yeux. Son regard s'était durci. Certes, le paysan avait raison, ces fossés étaient une barrière morale et il n'avait, lui, aucun droit de les sauter. Néanmoins, il s'était montré conciliant et l'homme, peut-être, allait un peu loin.

Son changement d'attitude n'avait pas échappé à son interlocuteur :

– Va ton chemin, répéta-t-il simplement.

Il craignit soudain que le ton de sa voix n'eût été un peu sec. Ce diable de garçon était mince, mais robuste, et il n'est jamais bon d'humilier un homme. Il poussa un soupir de soulagement en le voyant s'éloigner.

Bon sang ! Il se rappelait, maintenant : c'était

Sencha, fils de Mog ! Il se félicita d'avoir retenu ses injures, et s'essuya les mains sur sa chemise grise.

Fingan avait peut-être raison ; peut-être rien n'avait-il changé au village, pourtant, tout lui paraissait différent, comme rétréci.

Des constructions coiffées de chaume s'accrochaient à la pente, surveillant les alentours tandis que d'autres, en contrebas, semblaient les défendre, les retenir, les rassurer. C'est là qu'il avait vécu toutes ses années de petite enfance.

Pour la première fois, il remarquait que les maisons d'ici n'étaient pas rondes comme celles de Bretagne mais rectangulaires, et que les murs de baguettes entrelacées disparaissaient sous une couche d'argile, ne laissant à nu que le bois gris des poteaux de charpente. Jamais il n'avait vu tout cela et, s'il s'en rendait compte, c'est qu'aujourd'hui tout était neuf à son regard.

Au loin, couronnant la hauteur, l'oppidum[1] dressait ses remparts de bois. Lui aussi paraissait plus bas aujourd'hui, mais les buissons d'ajoncs qui avaient envahi peu à peu la colline en étaient certainement la cause, car ils dissimulaient maintenant au regard le pied des lourds poteaux de châtaignier.

Aussi loin que remontaient ses souvenirs, jamais Sencha n'avait trouvé à l'oppidum un air si pacifique. La hauteur des ajoncs indiquait clairement que la végétation n'avait pas été piétinée

1. Forteresse celte (mot employé par les Romains, mais sans doute aussi par les Celtes).

depuis longtemps : nul n'aurait-il donc attaqué la forteresse ces dernières années ?

Il n'avait fait aucun bruit, prévenu personne. On était au début de l'après-midi et, sur le seuil de sa maison, de l'autre côté de la place en terre battue où caquetaient les poules, sa mère, un fuseau dans la main gauche, faisait rouler entre le pouce et l'index de la droite un fil de laine.

Son mouvement était paisible, régulier, pour que l'épaisseur du fil reste égale. Au même rythme, elle tournait le fuseau, enroulant progressivement la laine filée. Un court instant, elle arrêta son mouvement pour se pencher sur le fil et, de ses dents, ôter une petite boule laineuse qui nuisait à sa perfection.

Elle s'immobilisa, un brin de laine encore collé à la lèvre. Un grand jeune homme se tenait contre le mur d'en face, dans le couloir entre les deux maisons. Avec ce contre-jour, elle ne le distinguait pas bien, pourtant... pourtant... Son fuseau s'échappa, roula dans la poussière sans qu'elle y prenne garde. Ses lèvres remuèrent faiblement, ses yeux s'emplirent de larmes. Son fils ! Son fils était revenu !

– Regarde, Mog. Regarde comme il est beau. C'est notre fils, croirais-tu cela, Mog ?

Les yeux du père se plissaient dans le soleil. Ou bien était-ce l'émotion ? Il hochait la tête sans même s'en apercevoir, un vague sourire aux lèvres.

– Est-ce bien toi ? dit-il enfin de sa voix extraordinairement grave. Quand tu es parti, tu pesais à peine plus qu'un marcassin à la mamelle, et te voilà...

Il n'acheva pas sa phrase : aucun doute, le garçon était plus grand que lui, moins large d'épaules évidemment, mais vigoureux, cela se sentait, solide...

– Tes cheveux ne sont pas bien longs !

– Je les ai taillés un peu pour le voyage.

D'un geste qui lui était familier, Mog agrippa de la main gauche le côté droit de sa moustache dont les poils roux tombant presque sur la poitrine se mêlaient parfois au brun de ses cheveux. Il considéra un moment son fils, un soupçon de fierté dans les yeux, puis il frotta son menton rasé. Il avait eu raison de confier son éducation à Fingan. Les parents sont souvent trop faibles pour leurs propres enfants et, aujourd'hui, il se trouvait devant un homme indépendant, qui avait grandi hors de son influence, et qui lui apporterait certainement beaucoup plus.

Sencha ne disait rien. Il n'avait encore que dix-sept ans et ne pouvait se permettre de parler alors que son père ne lui posait aucune question.

Un attroupement s'était formé autour de lui. Le jeune homme se sentit heureux de les reconnaître tous : Miach, et Brocan, et Allaoi, et Fedelm, les uns un peu vieillis, un peu tassés, les autres bien grandis. Les enfants lui parurent souvent complètement étrangers tant ils avaient changé. Certains n'étaient même pas nés à l'époque de son départ.

Il remarqua aussi les petites rides autour des yeux de sa mère. Elle avait grossi sans doute, mais l'éclat bleu de son regard restait le même, avec ce fond de tristesse mêlée de douceur qui ne l'avait plus quittée depuis la naissance de Simon.

Sencha chercha des yeux l'enfant.

– Nous allons te laisser reprendre contact avec notre monde, dit Mog. Regarde et touche chaque chose, pour que chacune te reconnaisse.

– J'irai. Et puis...

Il leva le regard vers les remparts de l'oppidum.

– Oui, dit Mog, va aussi là-haut. Ton grand-oncle Modhan sera heureux de te voir. Mais n'oublie pas d'être là pour le repas : ce soir sera fête !

Aussitôt, avec un peu de regret dans le pas, chacun regagna sa maison, la terre où il travaillait, l'atelier où il forgeait, en s'appliquant à ne plus prêter attention au jeune homme.

Sencha respira profondément. Il y eut des coups de marteau et des cris de porcs, sans doute ceux qui figureraient au banquet du soir. Il embrassa du regard les maisons et les huttes qui s'étageaient à flanc de coteau. Il n'y en avait pas plus d'une quinzaine, dispersées au milieu des jardins.

Il hésita un instant, puis se dirigea vers la remise de son père. La grande faux s'appuyait à la porte. Il en caressa le fil tranchant avant d'entrer. Pêle-mêle, la charrue, la herse, les seaux, deux brouettes, quelques tonneaux, serpes, houes et faucilles. Il toucha, souleva, palpa, passa longuement la main sur une moissonneuse mécanique qu'il ne connaissait pas. Tout était vivant. Tout. On sentait que chaque outil était rompu à son travail, en attente, dans la position qu'il fallait.

Les mains derrière le dos, Sencha ressortit. Il ôta sa cape, la roula et la déposa sur le seuil de la porte. Il n'entrerait pas dans la maison tout de suite, il devait d'abord visiter le village. D'un pas lent, il se dirigea vers la pente.

Devant les maisons, assis entre les pots de terre cuite destinés à recevoir l'eau de pluie, des enfants le regardaient passer en écrasant avec mollesse les grains de froment sous la meule. Quelques tissages de couleurs vives séchaient sur les touffes de myrtilles, et une odeur de fumée emplissait l'air.

Soudain, au lieu de monter la pente comme il comptait le faire au départ, Sencha bifurqua à droite vers le haut rideau d'arbres qui protégeait la petite rivière.

Le sentier avait été cent fois défoncé par l'écoulement des eaux de pluie et le passage des animaux, cent fois drainé, empierré de gros ou de petits cailloux, ce qui en faisait une mosaïque chaotique.

Les grandes pierres plates, elles, n'avaient pas changé. Elles gardaient le bord de l'étroit cours d'eau, lisses, usées par les genoux de ces milliers de femmes qui, au fil des siècles, étaient venues y prendre appui pour laver leur linge, le tremper, le brasser dans la rivière.

Avant que Sencha ait pu comprendre ce qui lui arrivait, un poids énorme lui tomba sur les épaules et l'envoya rouler à terre.

Un coup de poing lui défonça la mâchoire et il en fut à moitié assommé. Dans les quelques secondes qu'il lui fallut pour retrouver l'usage de la vue, il avait sorti son poignard.

L'homme qui lui faisait face était plutôt brun, assez grand, large d'épaules et n'avait sûrement pas atteint sa vingtième année. Ses yeux clairs ne le quittaient pas.

– Ordan ! s'écria enfin Sencha.

L'autre se redressa, quitta sa posture d'attaque et plissa le front.

– Ça alors ! C'est toi, Sencha. Dis-moi que je rêve ! Tu es revenu, vieux frère ! Ça alors... Sencha !

Ils restèrent un moment face à face, à se sourire.

– Mais dis-moi, fils de Mog, tu as bien grandi, les brumes de Bretagne t'ont fait pousser !

– Toi, dit Sencha en remettant son poignard à la ceinture, tu n'as pas changé !... Enfin, physiquement si, bien sûr, et j'ai eu du mal à te reconnaître, mais pour la façon d'être...

Sencha secoua la tête avec un sourire amusé :

– Toujours aussi prompt à la bagarre, hein !

Le visage d'Ordan prit un air innocent.

– Mets-toi à ma place : un étranger, sur mon territoire !

– Tu pouvais réfléchir, Ordan : puisque je venais du village et qu'on m'avait laissé le traverser, c'est que je ne représentais aucune menace.

– Hum... peut-être... Pas sûr.

– Comment cela « pas sûr » ?

– Hum... je veux dire que ton père n'est pas assez méfiant... et je le connais, tu sais, ton père : c'est lui qui m'a élevé.

– Mais de quoi parles-tu ? De quoi ne se méfie-t-il pas ?

– Off... des marchands, par exemple : il leur achète des amphores de vin contre le même nombre d'esclaves.

– C'est normal, dit Sencha. Un esclave est le prix d'une amphore de vin partout et, crois-moi, j'ai voyagé !

La grimace d'Ordan était pleine de doute.

– Et puis, ajouta-t-il, il y a l'histoire des Romains. Tu sais, ceux qui viennent du Sud. Tous les chefs celtes d'ici ont reconnu leur puissance et le droit qu'ils ont de s'implanter dans le pays.

– Il y a ici de la place pour tous, dit Sencha, et même nous, les Celtes, nous sommes venus de l'Est, il y a de cela bien des centaines de lunes.

Ordan refit sa grimace favorite.

– Ils sont forts, ajouta Sencha, il vaut peut-être mieux en convenir, tout simplement.

– S'ils se contentent de s'installer ici, d'accord. Mais pourquoi ont-ils exigé plusieurs otages pour la reconnaissance de ce droit ?

– Des otages ?

– Parfaitement.

– Ah... sans doute pour être sûrs que les tribus d'ici respecteront l'autorisation qu'elles ont donnée, et pour empêcher des bagarreurs comme toi de leur tomber dessus.

– Hum... Ton père disait la même chose mais, vois-tu, je ne sais pas pourquoi, j'ai l'impression qu'il est en train de changer d'avis.

– Tu as peut-être raison. Je vais me renseigner et, tout d'abord, je vais de ce pas voir Modhan à l'oppidum.

– Off... Modhan ! murmura Ordan en haussant les épaules. Je ne sais pas ce qu'il en pense, mais il a beau être le plus vieux, il n'a pas forcément raison !

– Eh ! Encore une fois, je vois que tu es bien toujours le même. L'éducation que t'a donnée mon père ne semble pas t'avoir appris la soumission !

Ordan éclata de rire.

– Au contraire, il a tellement essayé de me l'ancrer dans l'esprit qu'il m'en a dégoûté ! Je suis la honte de ses élèves !

Sencha se mit à rire avec lui, tant et tant qu'ils en eurent tous deux les larmes aux yeux.

3

Modhan avait le cheveu rare, la barbe maigre et rêche, aussi longue que ses bras et d'un gris un peu sale.

– Toi qui as vu les contrées lointaines, parle-moi. Donne-moi sans réfléchir tes premières impressions de redécouverte de notre terre. Si tu laisses passer le temps, tu ne sauras plus la vérité des choses.

– La vérité ? Oui, tu as raison... Toutes les réflexions qui ont traversé mon esprit vont vite s'estomper. Le pays est beau, tu sais, les champs riches, le climat varié et plus sain que celui de l'île de Bretagne.

Modhan approuvait en souriant.

– Cherche bien dans ta tête : c'est tout ?

– Tout ?... non... Dans un autre ordre d'idée, je voudrais te livrer une remarque que je me suis faite : en arrivant ici, j'ai aperçu notre oppidum, et une chose m'a frappé...

– Parle sans crainte, on dirait que tu hésites !

– C'est qu'il m'a paru... vulnérable.

– Il est très résistant ! s'exclama Modhan. Les poutres sont plus épaisses que mon corps, solidement assujetties entre elles par de gros clous en fer. Il est entouré de quatre fossés et d'autant de talus. Que demander de plus ?

– J'ai vu tout cela. Il est très beau, convint Sencha d'un ton conciliant, plus beau que celui du clan de Conn, mais j'ai croisé sur mon chemin des oppidums de pierres cimentées avec de la terre.

– Pas de poutres ?

– Si, mais les poutres n'en sont que le squelette.

– Personne jusqu'ici ne s'est plaint d'être mal défendu ! remarqua Modhan avec un peu d'aigreur. Nos remparts ont attiré un grand nombre d'artisans de notre peuple : les Coriosolites se sentent protégés ici, et nous avons les meilleurs tonneliers, d'excellents verriers, des potiers et même un très bon émailleur... sans compter les métallurgistes !

– Nous sommes situés à la frontière des Namnètes et des Vénètes ; c'est un endroit stratégique !...

– Notre protection est fort bien assurée.

Sencha ne dit plus rien. Il connaissait la susceptibilité de Modhan et son entêtement, mais il savait aussi que, sa mauvaise humeur passée, il réfléchirait à ce qu'il venait d'apprendre et en tirerait les conclusions les plus sages.

Ils étaient tous deux assis dans la vaste pièce

qui sentait la cendre et la fumée. Sur le sol de terre battue, on avait étendu des peaux d'animaux de toutes sortes, toutes les peaux trop raides pour servir à la confection des vêtements.

– Dis-moi encore... demanda Modhan.

– Je crois avoir tout dit, et je voudrais maintenant te consulter, savoir... Ordan m'a parlé des Romains...

– Ah !

Sencha crut que le vieillard allait ajouter quelque chose, mais il se tenait coi, à gratter son maigre genou à travers l'épaisseur de ses braies.

– Que penses-tu des Romains ? osa ajouter le garçon.

Modhan souffla un peu, laissa son regard errer à droite et à gauche, comme s'il cherchait un objet égaré.

– Nous les avons acceptés, dit-il enfin. Je suis le chef du clan de ta mère, mais je n'ai pas autorité pour ce genre de cas. Ceci regarde ton père, puisque c'est lui qui a été désigné pour prendre les décisions concernant la région. Je suppose qu'il a fait ce qu'il devait faire. Il s'est entouré du conseil des druides et, s'il a accepté de reconnaître un droit aux Romains, c'est qu'il lui était difficile d'agir autrement.

– Ordan semble inquiet. Je pense qu'il a peur que les Romains ne s'en tiennent pas là.

– De quelle façon ?

– Je ne sais pas, c'est pourquoi je sollicite ton avis.

– Pour moi, l'accord entre eux et nous est juste. Jamais ils ne nous attaqueront, et nous ne toucherons pas à eux. Tout est bien. Ne pense plus à cela.

Il régnait dans l'oppidum une activité débordante. Les volailles se pavanaient au milieu des outils et des enclumes et poussaient des cris furieux lorsqu'un pied les écartait. Deux guerriers en armes arpentaient lentement le mur de pierres sèches qui courait le long des remparts et leur permettait de voir par-dessus, aussi loin que pouvait porter le regard. Pourtant leur regard ne s'intéressait guère à d'éventuels assaillants – depuis quelques lunes on vivait en paix – mais plutôt aux jeunes femmes qui discutaient et riaient en attendant que le maigre filet d'eau de la fontaine remplît leur cruche.

Sencha franchit de nouveau la porte qui restait grande ouverte et descendit vers le village, escaladant les talus et passant les fossés sur les troncs d'arbres qu'on avait momentanément jetés en travers, et qu'on retirerait très vite à la moindre alerte.

De loin, il l'aperçut, juste sur le bord du chemin, avant la première maison. Il se mit à courir sur la pente et se laissa tomber à genoux.

– Simon ! s'exclama-t-il. Simon ! Tu as voulu venir au-devant de moi, c'est notre mère qui t'a amené ici, n'est-ce pas ?

Il serra l'enfant dans ses bras.

– Simon !... Je te trouve bien changé, tu sais ! C'est incroyable de voir comme tu as grandi ! Tu as bonne mine... Ah ! Et tes yeux sont toujours de ce bleu si extraordinaire !

Sur le petit visage exsangue se dessina un sourire de bonheur. L'enfant bougea le menton avec de petits mouvements saccadés, comme s'il voulait parler.

– Je sais bien, Simon : tu es content que je sois revenu. Moi aussi, je suis drôlement content de te retrouver. C'est vrai que la Bretagne est bien loin de notre Armorique. Il faut passer la mer, et le bateau remue. Bah !... Ça vous soulève le cœur, et vous vous retrouvez tout vert, à regarder les vagues gicler sur la proue, à essayer de respirer le plus profondément possible l'air du large pour vous empêcher de vomir. Et puis voilà, ça n'empêche rien du tout. Bah... ! Alors vous vous laissez tomber sur le pont, le cœur au bord des lèvres, et puis vous fermez les yeux et vous vous dites : « Je préfère mourir, je préfère mourir. »

Sencha s'était étendu dans la poussière du chemin et mimait l'agonie de la pauvre victime de la fureur des flots.

L'enfant riait, agitant maladroitement ses bras, ravi.

– Ah ! mon Simon ! s'exclama Sencha en se redressant sur son séant, ne le dis à personne, mais je n'ai pas le pied marin !

Sur ces mots il se mit debout, saisit l'enfant par les aisselles et le fit glisser dans son dos, de manière à ce que les bras puissent facilement lui enserrer le cou. L'habitude lui revenait toute seule.

– Dis donc, lança-t-il gaiement, tu es plus lourd qu'avant. Tu as bien profité pendant mon absence !

Sencha s'était étendu dans la poussière du chemin,
et mimait l'agonie de la pauvre victime
de la fureur des flots.

Il glissa son bras gauche sous le corps de l'enfant pour le maintenir solidement contre son dos, une jambe de chaque côté, et ajouta :

– Remarque, je suis bien heureux que tu sois plus lourd : d'abord parce que je suis devenu plus grand et fort – ça, tu t'en es aperçu, hein ! – et ensuite parce que te porter me fait un sacré bon entraînement ; je vais avoir les muscles les plus beaux de tout le pays.

Il rit, et sentit dans son dos les soubresauts de l'enfant qui riait aussi.

Sencha aimait Simon plus qu'aucun autre de ses frères et sœurs, et c'est parce qu'elle le savait bien que sa mère avait déposé le petit sur son passage. Et puis elle avait deviné aussi le bonheur qu'aurait Simon à retrouver son grand frère tant admiré, seul, hors de la famille, hors du village.

– On rentre, dit Sencha. Ce n'est pas parce que tu as vu dix hivers qu'il faut te croire autorisé à arriver en retard pour le repas du soir !

Simon s'agita, puis tapa ses mains l'une contre l'autre avec autant d'application qu'il le put.

– Quoi ? s'étonna Sencha, on a des invités ?... des amis ?

La main droite frappa la poitrine du jeune homme.

– Pas des amis, dis-tu ?

La main tapa, gratta, tapa.

– Ah ! Tu veux dire : pas trop amis, hein ?

Simon esquissa un mouvement pénible du bras vers l'extérieur.

– Des étrangers... Pas des Romains, quand même !

Un coup. Cela signifiait non.

– Des Namnètes ?

Un grattement sur la chemise.

– Conn ! Ah ! Eh bien voilà une sacrée nouvelle, bonhomme. Père doit avoir ses raisons pour l'inviter... Ils s'entendent mieux, maintenant ?

Simon tapota avec hésitation.

– C'est bien ce que je pensais ! Enfin, il nous reste à souhaiter que le repas soit calme. Je parie qu'on mange du porc... Quoi ? Et du sanglier ? Ouh !... qui donc est allé à la chasse... Brocan ? Non ? Qui ? Ordan ! Eh bien dis donc, il veut se faire pardonner son accueil. Sais-tu ce qu'il m'a fait ? Il m'a sauté dessus par-derrière et il m'a à moitié déboîté la mâchoire !

Sencha rit avec l'enfant, puis ajouta :

– Il faut dire à sa décharge qu'il ne m'avait pas reconnu. Sinon... ouah ! je l'embrochais de ce beau poignard que tu vois là.

L'enfant pouffa, et Sencha se mit à galoper à la manière d'un cheval, faisant sauter son cavalier hilare.

4

Le char de Conn s'arrêta au bout de l'étroite place. Mog avait entendu le grincement des roues et la cavalcade des chevaux, mais il attendit quelques instants avant de paraître à sa porte. Être poli, ne pas être obséquieux, surtout avec ce rustre de Conn.

– Je te salue, Conn, chef du clan de Bellovesos, et en toi je salue le peuple des Namnètes.

– Je te salue, Mog, chef du clan de Dallan, et en toi je salue le peuple des Coriosolites.

Mog remarqua que Conn ne lui donnait pas son titre complet : il n'était pas seulement chef de son clan, mais des dix clans apparentés. Il préféra faire comme s'il n'y avait pas prêté attention.

Il nota rapidement que le manteau de Conn portait des broderies d'or et que ses poignets étaient enserrés de bracelets rutilants, larges comme sa main et finement ciselés. Ainsi, Conn voulait lui en mettre plein la vue ! Il avait bien fait de sortir son torque[1] d'or, et de veiller à ce que sa femme se pare de ses plus beaux anneaux de cheville. La lourde chaîne que lui-même arborait d'ordinaire au cou n'aurait pas pu rivaliser avec la richesse des bijoux de Conn.

Derrière son dos, il fit un geste imperceptible de la main et, un par un, ses enfants sortirent, saluèrent dans un discret mouvement de tête le chef namnète et s'éloignèrent vers le bout de la place, de l'autre côté du feu où rôtissaient de gros morceaux de porc et de sanglier.

Mog se félicita : sa mise en scène était très réussie. Sans en avoir l'air, Conn avait compté les enfants : onze étaient passés. Il avait dû en pâlir de jalousie, lui qui, aux dernières nouvelles, n'avait pu en garder que trois vivants.

Là-bas, les enfants s'étaient mis à jouer une partie de soule[2], et on entendait leurs exclamations et leurs rires.

Enfin, Sencha apparut derrière son père qui s'écarta légèrement.

Conn accusa le coup : il en avait compté onze, mais voilà qu'un douzième... Peut-être d'autres étaient-ils en réserve ici ou là. Ce Mog, quelle puante vantardise ! Étaler ainsi sa richesse !

En un éclair, Conn avait réalisé ce que sept filles rapporteraient à leur père en se mariant... Il ne pouvait pas compter, mais cela devait faire bien des pièces d'or, des plats d'argent et des chevaux. Cinq garçons feraient la richesse de sa terre et la puissance de son clan.

1. Collier gaulois.
2. Jeu de ballon proche du rugby.

– Ton invitation m'a touché, dit-il seulement.

– J'espère que c'est en ami que tu l'as acceptée.

– Comme tu peux le voir, je ne me suis fait escorter que de six de mes hommes. N'est-ce pas une preuve de confiance ?

Après un rapide regard vers les six guerriers namnètes qui demeuraient à l'extérieur de la place, tenant leurs chevaux par la bride, Mog inclina la tête.

Confiance soit, mais les hommes avaient tout de même le torse bardé de cuir, l'épée de fer au côté et la lance toute prête. Normal, après tout !

– Voici mon fils aîné, Sencha, qui entre dans le clan des hommes. Il revient de cinq années d'études en Bretagne...

– Sencha...

Sous les doigts calleux du chef namnète, son menton mal rasé rendait le son de deux pierres de granit qu'on aurait frottées l'une contre l'autre.

– D'où te vient ce nom ? interrogea-t-il enfin.

Avant que l'interpellé puisse répondre, une grande exclamation s'éleva du côté des enfants qui venaient de renverser la broche chargée de viande.

Les flammes crépitèrent. Tout le monde se précipita, Mog et Sencha écartant les plus jeunes. La graisse fusait en petites gouttes brûlantes. On souleva la broche en se protégeant le visage et on la remit en place.

– Pas trop de dégâts ! rassura Mog en revenant vers son invité. Le repas ne sera pas gâché. Tu peux appeler tes guerriers.

Conn fit un signe de la main, et quatre hommes

attachèrent leurs chevaux à un tronc avant de s'approcher.

Mog nota que deux guerriers restaient donc en faction et dit rapidement un mot à sa femme pour qu'elle ne convoque au repas que les trois principaux chefs de famille du clan, Sencha faisant le quatrième homme. En inviter davantage aurait pu être interprété comme un signe d'agressivité.

Les cris des jeunes avaient cessé. Agenouillés auprès de la broche, ils assuraient maintenant la découpe des quartiers de sanglier, sous l'œil vigilant de leur mère. Pas question qu'il y ait la moindre erreur, ni dans la présentation des morceaux ni dans le service qu'ils devaient assurer à table : il y allait de l'honneur de la famille.

Dans la maison du chef, les hommes s'étaient assis en cercle par terre, sur des peaux de loups et de chiens.

Dans son dos, Sencha sentait la chaleur du foyer qu'on laissait s'éteindre. Ces gros foyers de terre en forme d'ogive mettaient toujours un temps extrêmement long à se refroidir et le garçon songea avec désespoir qu'il risquait d'étouffer ainsi toute la soirée. Il était encadré de deux guerriers de Conn, et changer de place équivalait à un affront public au peuple namnète tout entier. Il prit donc son mal en patience et trempa ses lèvres dans sa coupe d'hydromel.

Mog attendit que les guerriers aient bu en silence leur première coupe avant de reposer ostensiblement la sienne, pour signifier qu'il avait à parler.

– Je t'ai invité à me rendre visite, dit-il à Conn, pour une affaire d'une grande importance.

Il laissa passer un instant.

– Le temps est venu d'enterrer nos querelles. Depuis quelques mois, tu le sais, nous n'avons eu aucune guerre, pas même la moindre bagarre.

Conn observait le chef coriosolite d'un œil où se mêlaient surprise et intérêt. Le clan de Mog se serait-il soudain affaibli au point qu'il craigne une confrontation avec ses guerriers ? L'amusement perça dans son regard, et cela n'échappa nullement à Mog qui adorait casser les jouets de ses ennemis. « Eh bien non ! petit prétentieux ! ricana-t-il mentalement, ce n'est pas du tout ce que tu crois. »

Il prit sa plus belle voix de basse et ajouta :

– Notre pays est menacé...

Il laissa planer sa phrase pour bien capter tous les esprits, et finit enfin :

– ... Les Romains.

Sur le visage de Conn s'afficha une expression de dépit mêlé de soulagement.

– Les Romains ! Pfft ! Fétus de paille ! Ils vont, ils viennent, qui cela dérange-t-il ? Du moment qu'ils ne mettent pas les pieds dans mon oppidum, je ne m'en soucie aucunement.

– Justement.

– Justement quoi ?

– Il se pourrait bien qu'ils mettent, comme tu dis, les pieds dans ton oppidum.

– Explique-toi !

Mog jubilait intérieurement. Ainsi, l'autre n'avait pas l'information, ignorait la nouvelle.

Son service d'espionnage était nul, complètement nul !

– Chez les Riedones, pas à l'autre bout de leurs terres mais là, tout près de chez nous, au camp de Cormac, les Romains sont venus réquisitionner le blé.

– Réquisitionner ?... Comment cela ?

Conn essayait vainement de cacher sa stupeur en se composant un visage impassible.

– Ils sont arrivés au village, tout simplement, ils sont entrés, puisque nul ne les considérait comme des ennemis, et ils ont exigé cent cinquante sacs de blé, des moutons et des bœufs.

– Les Riedones se sont laissé faire ?

– Ils ont refusé, naturellement. D'un seul coup d'épée, les Romains ont tranché la tête d'une femme, et les Riedones se sont alors aperçus que les Romains étaient partout, armés jusqu'aux dents, et qu'eux n'avaient pas la moindre épée à portée de main. Tout ce qu'ils ont pu faire, c'est de rassembler les victuailles pendant que les Romains tenaient leurs glaives sur la gorge des femmes.

Les yeux de Conn sortaient de leurs orbites.

– De quel droit ?... hurla-t-il.

– Ils prétendent que les peuples d'ici ont signé une soumission, et que la moindre des choses est que nous leur fournissions leur approvisionnement.

– Quelle soumission ?

Mog avait l'avantage de connaître la nouvelle depuis deux nuits. Il pouvait jouer l'homme-maître-de-ses-réactions, lui qui, deux nuits plus tôt, avait hurlé et tempêté encore plus que Conn.

– Nous les avons autorisés à circuler dans le pays. Ils prétendent que nous nous sommes soumis. Je crois que, tout simplement, nous ne parlons pas le même langage.

– Je les écraserai... S'ils viennent chez moi, je les écraserai.

– Voilà pourquoi je proposais que nous oubliions nos querelles passées, pour nous unir contre eux.

– Nous les écraserons, dit encore Conn, comme s'il ne pouvait trouver aucun mot.

Puis sa fureur tomba peu à peu :

– Les Riedones sont des poules mouillées. Les Romains savaient à qui ils avaient affaire. A moi, ils ne s'attaqueront pas.

Sencha sursauta. Il guettait avec crainte les paroles de l'un puis de l'autre, craignant à chaque instant le mot explosif et, avec une grande habitude de ce genre de situation, il redoutait d'avoir entendu ce mot.

C'était certain, son père allait répondre : « Qu'entends-tu par ce “ à moi ” ? Te crois-tu plus fort que moi ? »

L'autre dirait : « Je sais que je n'ai rien à redouter, je ne me prononcerai pas sur ton cas », et ainsi de suite... la bagarre, la guerre.

– Père, demanda-t-il rapidement au risque de paraître sans éducation, puis-je parler ?

Le visage de Mog, qui s'était fermé, se teinta d'une expression de surprise.

– Tu en as l'âge, mon fils, je t'accorde la parole.

– Je suis de ton avis, dit-il, il faut adopter une

politique commune contre les Romains. S'ils nous laissent en paix, nous les laisserons en paix, mais s'ils attaquent, nous saurons nous défendre. Il faut nous y préparer et nous organiser.

L'engrenage de la violence s'étant grippé, chacun reprit sa coupe et l'hydromel coula de nouveau. Mais les mots qui étaient restés dans la gorge de Mog faisaient une boule qui l'étouffait. Il cherchait une phrase assez anodine pour ne pas se faire accuser de provocation, mais assez finement fielleuse pour dégager cette boule. Il n'en eut pas le temps : sa femme faisait signe aux enfants de servir le sanglier. Chacun couva donc sa bile en la nourrissant à l'hydromel.

Sencha redoutait l'alcool. Il avait horreur de voir des hommes sensés perdre toute mesure et se ridiculiser, dire des choses qu'ils regretteraient par la suite, montrer le plus bas de leur âme. Il observait avec anxiété les visages qui viraient peu à peu au rouge.

Le vin avait remplacé l'hydromel, ce vin que leurs voisins vénètes rapportaient des contrées lointaines et leur revendaient à prix d'or.

Sencha regretta que le barde soit malade : un poème aurait bien détendu l'atmosphère, une chanson accompagnée à la lyre aurait mis en valeur la gaieté des Celtes plutôt que leur goût pour la bagarre.

– Je ne crains ni tempête ni tremblement de terre ! s'exclama enfin Mog.

Il fit signe au premier des enfants d'approcher le plat et planta son poignard dans le jambon.

Sencha sentit sa gorge se serrer. Non !... Finalement, son intervention n'avait servi à rien. Ce que son père n'avait pas pu dire, il allait le faire !

Le visage de Mog était un vrai théâtre. Il était tout à la fois un mélange de ruse et de contentement de soi, qu'il essayait de cacher sous une grande innocence, comme s'il accomplissait un geste normal, tombant sous le sens. La moindre des choses. Il se servit le haut du jambon.

On ne pouvait pas espérer quoi que ce soit d'autre : Conn se leva, pâle de colère.

– Ce haut de jambon me revient de droit, Mog, fils de chien ! Tu sais qu'il doit aller au plus brave, et tu ne saurais lutter contre moi sur ce terrain !

Du pied, il repoussa le plat posé devant lui, et ajouta :

– Donne-le-moi immédiatement, et cessons cette querelle.

Pour toute réponse, Mog se leva, la main sur son poignard et fit un pas vers le centre du cercle.

Il dégaina son arme quelques secondes avant Conn. Les deux hommes, les genoux légèrement pliés pour plus de souplesse, s'affrontaient du regard.

Puis Conn bondit, Mog l'évita, se retourna et lui égratigna le bras. Le chef namnète détacha d'un mouvement preste la fibule de son manteau, qui tomba à terre, et laissa à Mog le temps d'arracher sa tunique.

Torse nu, les braies bien serrées à la taille et aux pieds, les deux Celtes se guettaient, leur large poitrine à peine soulevée par une respiration contenue.

Le cercle s'était écarté. Les guerriers ne s'en mêlaient pas : ce combat n'était l'affaire que de leurs chefs et, comme le voulait la loi, c'était un combat à mort.

5

Six contre tout un clan, c'était trop peu. Les hommes de Conn avaient préféré se retirer, emportant la dépouille mortelle de leur chef, enveloppée dans le manteau brodé d'or. Mais maintenant, c'était la guerre.

Sencha essayait de ne pas penser à tout cela. Il fallait vivre l'instant présent et, à l'instant présent, il se rasait la barbe. Il était fils de chef et devait s'en montrer digne. Le fer aiguisé lui grattait douloureusement la peau, et c'était bien du désagrément pour quelques malheureux poils doux et souples. Qu'en serait-il le jour où il lui faudrait raser une vraie barbe ?

Dans le petit miroir de sa mère, il considéra son visage en essayant de se représenter la tête qu'il aurait lorsque sa petite moustache claire serait devenue longue et tombante.

– Moi aussi, annonça son frère, Brocan, je vais me raser. S'il faut mourir, autant mourir beau.

Sencha considéra le garçon, dont il ne voyait

pour l'instant que le profil : Brocan était nettement plus petit que lui bien qu'il n'y ait entre eux que dix lunes à peine, et beaucoup plus blond.

– Ta vie chez Modhan te plaît-elle ?

– Bah ! grimaça Brocan. Je ne sais pas si père a choisi pour moi un bon éducateur : il est toujours impatient. De plus il pue, et ses cheveux ne sont pas soignés. A croire qu'il ignore l'existence du savon.

– Modhan nous aime bien...

– Il t'aime bien, toi, parce que tu es l'aîné, que tu représentes la nouvelle génération du clan, parce que tu es instruit, que tu sais écrire, que tu connais l'histoire de notre peuple et les étoiles du ciel !

– Tu aurais voulu être envoyé à ma place chez Fingan ?

Brocan secoua la tête et, tout en gonflant alternativement une joue puis l'autre pour raser son fin duvet, il avoua :

– Non, non !... Ce druide m'impressionne... et puis vingt-cinq ans d'études... non, non !... Moi... (il bomba exagérément le torse), je suis de la race des guerriers !

– Laisse ton souffle s'échapper, ironisa une voix féminine venant de derrière, tu vas éclater !

– Tais-toi, chipie, répliqua aussitôt Brocan sans se retourner, tu n'as aucun sens du beau.

On pouffa dans la pièce.

Sencha s'étonnait toujours de tant de décontraction, alors que la guerre était imminente ! Sans doute avait-il été trop protégé. Les vrais combats lui étaient étrangers et l'impressionnaient. Néanmoins il n'avait pas peur, il saurait se battre s'il le fallait, il avait appris le métier des armes en même temps que l'histoire et les histoires qui jalonnaient l'existence des Celtes et de leurs dieux. Il ne pouvait s'empêcher de trouver anormale l'attitude des Namnètes : le combat avait été loyal, chacun risquant pareillement sa vie. Ils auraient dû en accepter l'issue. Et, en même temps, il savait au fond de lui que les hommes de son clan auraient agi de la même façon.

– Écoutez ! dit soudain une voix.

Dans le silence qui suivit, on entendit distinctement une galopade. D'instinct, chacun s'était levé, les aînés vérifiant la place de leurs épées, les plus jeunes s'apprêtant à la fuite.

Brocan fit signe qu'il n'y avait pas de danger immédiat, et que ces cavaliers étaient des leurs.

Dehors, ils avaient arrêté leurs chevaux et parlaient avec animation à Mog ; puis ils repartirent au grand galop, tandis que le chef apparaissait sur le seuil de la maison.

– Chacun prend des vivres, dit-il d'un ton sans réplique, et monte à l'oppidum. Partez vite. Avertissez Modhan. Les Namnètes sont en guerre, ils marchent sur le village. Filez !

L'agitation devint générale. On se précipita, on s'affaira, on se bouscula un peu, mais quelques instants avaient suffi à transformer tout un clan bien installé en nomades confirmés.

A pas pressés, on gagna le bout de la place, du côté de l'oppidum, et on commença à grimper la colline, cavaliers et piétons mélangés.

Ces mouvements de foule témoignaient d'une longue habitude. Le groupe grossissait peu à peu au passage devant chaque hutte et bientôt ce fut un vrai troupeau chargé de sacs qui escalada la pente.

Sencha avait pris Simon sur son dos et fermait la marche en compagnie de son père qui tenait par la bride un beau cheval bai.

Le ciel s'était fait tout gris, sans qu'on ait vu arriver les nuages. Au loin, on percevait comme une rumeur : la marche de la troupe ennemie.

Le pas s'accéléra. On courait maintenant sur les pentes et une bousculade faillit bien avoir lieu au goulot d'étranglement du pont sur le premier fossé. Le bon sens finit par gagner ; on passa l'un derrière l'autre, avec un peu d'énervement mais dans un ordre raisonnable : tout d'abord les enfants, puis les femmes, puis les paysans, les artisans, et enfin les guerriers à cheval, essayant de montrer le plus de calme et d'indifférence possible.

Dès que le dernier eut passé le fossé, on retira les ponts de temps de paix.

Les talus coupaient les jarrets, les fossés jouaient avec les nerfs. On savait que, déjà, les guerriers namnètes étaient arrivés au village du bas. Ils n'y trouveraient pas grand-chose à voler, tout étant sur le dos des fourmis du clan de Mog, et les fourmis étaient agitées maintenant par la proximité du danger. On n'avait plus besoin de les exhorter à se hâter : tout le monde courait, à en perdre le souffle, vers les portes de l'oppidum.

– Dépêchez-vous ! criaient tout de même les gardes, en haut des remparts.

De leur poste d'observation, ils voyaient les chevaux de l'ennemi bondir vers le coteau, et se sentaient saisis par la crainte de ne pouvoir refermer les portes à temps.

Sur le haut des remparts, les frondes dansaient dans les mains. Ce n'était pas encore le moment de tirer : le fossé le plus éloigné constituait la limite extrême, celle que les pierres des frondes ne pouvaient atteindre et, cette limite, l'ennemi ne l'avait pas franchie.

Dans un brouhaha indescriptible, les portes se refermèrent enfin. Les enfants se mirent à l'abri, les guerriers montèrent aux remparts, les femmes constituèrent des monticules de pierres à fronde.

Les Namnètes avaient laissé leurs chevaux sur un terre-plein éloigné ; ils ne pouvaient prendre le risque de les voir blessés par les jets de pierres et, puisque la porte de l'oppidum venait de se refermer, la vitesse ne leur servait plus à rien.

Du haut de la plate-forme, des milliers d'yeux les surveillaient. Le fer des lances qui s'appuyaient aux remparts avait été soigneusement aiguisé et on finissait de passer sur la pierre de granit le fil tranchant des épées.

Un long cri s'éleva du côté namnète, immédiatement suivi du vacarme effrayant des épées qui frappaient contre les boucliers.

Les hommes de Conn n'avançaient pas. Ils se tenaient toujours là-bas, de l'autre côté du quatrième fossé, hors de portée des pierres. Les coups sur les boucliers retentissaient dans la vallée, remontaient la pente.

– Détendez-vous ! ordonna Mog à ses troupes. Parlez entre vous, ne vous laissez pas impressionner. Vous savez bien que c'est ce qu'ils cherchent. Bouchez-vous les oreilles au besoin pour surveiller leurs mouvements !

La pluie commença à tomber, doucement, de cette petite pluie fine et tenace qui engourdit l'esprit et réveille les douleurs. Il bruina ainsi jusqu'au milieu du jour, et le vacarme venant de la pente en était comme étouffé. Puis le ciel s'éclaircit peu à peu et le barde du clan de Mog entonna un chant guerrier qui couvrit le grondement des boucliers d'en bas.

L'immense clameur frappa l'oppidum au cœur. En une fraction de seconde, les frondes avaient pris vie, tournoyant dans l'air : les Namnètes passaient le premier fossé.

Quelques cailloux tombaient déjà dans l'oppidum, ceux qui étaient envoyés par les plus forts lanceurs. Puis, peu à peu, les tirs s'intensifièrent, à mesure que l'ennemi passait les talus, les fossés, et se rapprochait.

Au jeu de la fronde, les assaillants gagnaient toujours : la mobilité de leurs boucliers leur permettait de se protéger efficacement, sans pour autant gêner leur lancer. Ils faisaient pleuvoir sur le haut des remparts une telle grêle de pierres qu'il n'était plus possible de s'y tenir. Les guerriers de Mog se laissèrent tomber le long des poutres de bois et se plaquèrent contre elles, tandis que les non-combattants trouvaient refuge derrière les maisons et tâchaient tant bien que mal d'y maintenir les chevaux énervés.

Quand, d'un seul coup, les projectiles cessèrent de frapper l'oppidum, la réaction des assiégés fut immédiate. Le danger était proche : si ceux de Conn ne tiraient plus, cela signifiait qu'ils étaient arrivés au pied des remparts. Il fallait bondir sur le mur de ceinture pour jeter des pierres, des lingots de fer, tout ce qui tomberait sous la main.

Cette grêle de coups n'impressionna guère les Namnètes. Tous regroupés, les boucliers audessus de leur tête, ils ne formaient plus, vus de là-haut, qu'un énorme bloc d'écailles multicolores.

La porte de l'oppidum rendit un son lugubre. Les gourdins attaquaient, cognant, rebondissant sur le bois.

Mog sentit l'excitation le gagner, l'excitation de la proximité du danger, une sorte de joie profonde que lui procurait toujours la certitude de pouvoir dominer sa peur, de se grandir aux yeux de ses hommes en prenant des décisions immédiates et sans réplique, faisant fi de toute hésitation. Il se sentait alors le maître du monde et, pourtant, il savait qu'il agissait comme un automate, que les paroles qu'il dirait, il les avait mûries longuement durant les nuits sans sommeil où il se plaisait à imaginer toutes les situations possibles et les manières d'y faire face.

– Aux lances ! cria-t-il de sa voix forte.

Aussitôt les guerriers se précipitèrent vers la

– Aux lances ! cria-t-il de sa voix forte.
Aussitôt les guerriers se précipitèrent vers la porte.

porte. Par les interstices ménagés dans l'assemblage des lourds poteaux de châtaignier, ils glissèrent le bout de leurs fins épieux de bois, solides et bien effilés. Puis, à coups secs et violents, ils les plongèrent et les retirèrent aussitôt, plusieurs fois de suite, provoquant de graves blessures chez les assaillants les plus proches.

Ces armes nouvelles de l'invention de Mog arrêtèrent net l'élan des Namnètes, qui n'avaient visiblement pas prévu un tel coup. Ils durent se replier un peu et, tandis qu'un groupe de guerriers recommençait à lancer des pierres pour empêcher ceux de Mog de réapparaître aux remparts, les chefs se consultaient.

Pendant un long moment, on n'entendit plus que le sifflement des cailloux qui volaient et le bruit sec de leur chute. Puis une odeur, légère tout d'abord, sema l'inquiétude dans l'oppidum. De sourds crépitements. La révélation du danger fut alors soudaine et générale : le feu ! Les Namnètes avaient mis le feu aux ajoncs ! L'affolement gagna l'intérieur des remparts.

– Sencha ! Brocan ! Ordan ! s'écria Mog.

Il baissa la voix pour que ceux de Conn ne puissent pas entendre :

– Faites évacuer les non-combattants. Je compte sur vous pour que tout se passe dans l'ordre, le calme et le silence le plus complet, mais faites très vite !

Le bois des murailles ne résisterait pas longtemps. Ici, tout ne serait bientôt qu'un immense brasier.

Les trois jeunes gens se dispersèrent ; rassemblant les femmes, obligeant les enfants effrayés à sortir des maisons, ils réussirent à regrouper tout le monde à la porte de la vaste hutte de Modhan.

Le vieil homme se tenait dans l'ombre, au fond de la grande pièce sombre.

– Calmez-vous ! ordonnait-il régulièrement. Calmez-vous !

D'une main vigoureuse, il saisissait le bras des plus nerveux qui voulaient se précipiter vers la sortie et les obligeait à prendre leur place dans la file. Un à un, mais le plus rapidement possible, femmes et enfants s'engouffrèrent enfin dans le souterrain qui s'ouvrait là, dans le mur du fond, et descendait en pente douce vers le village d'en bas.

L'obscurité y était angoissante et les trous d'aération qui béaient çà et là, donnant un peu de jour, rendaient plus pénibles encore les zones de ténèbres. On entendait des pleurs d'enfants, étouffés par la main de leur mère, et des respirations haletantes.

Modhan remit en place les fagots de bois qui cachaient l'entrée du souterrain puis, se tournant vers les trois jeunes gens :

– A nous, maintenant !

La fumée âcre commençait à envahir l'oppidum.

– Tu es trop vieux, se récria Brocan en saisissant Modhan par l'épaule. Il faut que tu descendes par le souterrain.

– Trop vieux ! Trop vieux pour défendre mon peuple ? Sortons d'ici. Il y a des choses plus urgentes à faire que d'évaluer la force des uns et des autres.

– Modhan ! appela Mog. J'ai besoin de toi.

Le chef des guerriers se garda bien de faire la moindre allusion à l'âge de l'homme. Il n'était bien sûr pas question qu'il se batte, mais il pouvait rendre un grand service. Rapidement, il lui expliqua son rôle, puis il se tourna vers ses troupes et fit un signe de la main. Tout le monde sauta en selle. Les chevaux piaffaient, énervés par la fumée et l'agitation ambiants.

– A toi, Modhan. Quand tu veux !

C'est le signal qu'attendait le vieil homme. Il courut vers la fontaine et s'y plongea, de manière à ce que ses vêtements soient entièrement détrempés. Il s'éclaboussa la barbe et les cheveux puis, se ravisant, immergea aussi totalement sa tête. Enfin il sortit de l'eau, les cheveux collés au front et la chemise soulignant la maigreur de son corps. Il lui fallait maintenant aller jusqu'à la porte et s'arc-bouter sur la grosse poutre qui la tenait fermée.

La chaleur était insupportable. Les flammes léchaient le bois qui commençait à émettre d'inquiétants craquements et glissaient insidieusement des langues de feu vers l'intérieur de l'oppidum, mais Modhan poussait tout de même la poutre, l'obligeant à coulisser lentement et sans bruit. Il résista longtemps à la fournaise jusqu'à ce qu'enfin il n'y tînt plus : les flammèches s'attaquaient à sa barbe. D'une main nerveuse, il entreprit de les étouffer à grandes claques, sans vraiment de succès. Il dut finalement se résoudre à courir vers la fontaine pour s'y tremper une fois encore.

Un instant plus tard, dégoulinant d'eau, Modhan fit signe à Mog que la poutre était presque enlevée puis, d'un mouvement fort leste pour un homme de cet âge, il bondit sur la porte, fit tomber la traverse et s'écarta aussitôt.

Les cavaliers s'élancèrent au même moment, culbutant les gardes namnètes chargés de donner l'alerte. Mais, évidemment, la plupart des guerriers de Conn s'étaient retirés sur le terre-plein, surveillant les portes de l'oppidum, si bien qu'ils ne furent qu'à moitié surpris par leur ouverture brutale.

Immédiatement, d'un même élan, ils prirent le galop ; impossible d'affronter l'ennemi sur un terrain aussi accidenté !

Ils dévalèrent vers le village d'en bas et le traversèrent à un train d'enfer, poursuivis par les hommes de Mog qui s'excitaient à la bataille en poussant les cris les plus effrayants, les plus agressifs. Ils filaient vers la petite plaine, une zone large et dénudée où la bataille pourrait facilement s'engager.

Les épées jaillirent, les boucliers dansèrent, les javelots fendirent l'air en sifflant.

6

Sencha était à moitié assourdi par le bruit et la fureur des coups, étourdi par les cris et le vacarme. Il ne sentait plus ses bras, sa tête le faisait souffrir et le sang collait ses braies à sa jambe gauche.

Le cheval qu'il avait pris à l'oppidum, et qu'il ne connaissait pas, était une jeune bête qui n'avait sans doute jamais connu le combat et il n'arrivait que difficilement à contenir ses écarts.

Les coups pleuvaient, son bouclier en était tout cabossé, et un peu de sang coulait maintenant de sa tempe. Il l'essuya d'un revers de main. Il n'en pouvait plus de se battre. Il avait assommé trois guerriers et paré bien des coups d'épée. Il tomba de son cheval sans savoir comment, dans une impression de flou, de rêve.

Quand il reprit conscience, il trouva à côté de lui Brocan étendu, les yeux grands ouverts, immobile.

Sencha mit un moment à comprendre ce qu'il

voyait. Malgré sa jambe blessée, il réussit à se traîner jusqu'à son frère. Il n'y avait plus rien à faire, c'était la loi de la guerre. Il lui ferma les yeux à tout jamais dans une brume de cauchemar, et s'évanouit de nouveau.

– Sencha !

Appuyé sur un genou, Mog le secouait. Il avait la tête en sang et les membres agités de tremblements nerveux.

– Nous les avons eus, souffla-t-il.

Sencha réalisa alors d'un coup que le silence était revenu, entrecoupé seulement par les râles des blessés puis, un court instant après, par les lamentations des femmes qui se précipitaient vers les guerriers étendus à terre et couverts de sang.

La victoire était totale, les Namnètes balayés ! Les guerriers qui avaient perdu la vie dans la bataille devaient savourer cette magnifique victoire qui les portait au firmament des héros.

Au village d'en bas, on enterra les morts dans un large fossé. On coucha à côté d'eux leur épée, leur javelot et leur fronde. On déposa leur bouclier sur leur poitrine et on rendit grâce aux dieux qui allaient accueillir leur âme dans les Iles Merveilleuses de la Félicité.

Puis on demanda encore aux dieux de récompenser les héros de leur bravoure et de leur prêter, quand ils reviendraient au monde des vivants, le corps d'un fort animal, ou même celui d'un homme.

Un monticule de terre et de cailloux rappellerait à tous la bravoure de leur clan.

Mog avait été sérieusement touché. De son œil droit, qui n'était qu'une plaie, il ne verrait plus jamais.

Modhan était descendu de l'oppidum pour donner des soins aux blessés. D'une main experte, il pansait et appliquait des onguents, s'affairant avec efficacité.

– Sencha ! appela-t-il soudain. Il faudrait que tu ailles chercher des herbes, je vais en manquer pour mes pansements.

– Attends ! intervint Mog. Envoie plutôt Ordan : il n'a pas de blessure importante et connaît les plantes.

Il se tourna vers Sencha qui nettoyait la plaie de sa jambe et ajouta :

– J'ai besoin de lui pour autre chose. Tu peux marcher, n'est-ce pas, Sencha ?

Le garçon fit un signe affirmatif.

Mog fixa sur le sol son seul œil valide et poursuivit d'une voix sourde :

– Mon œil, c'en est fini de lui, tu le sais, vous le savez tous !

Il avait élevé la voix pour ces derniers mots.

– Aucun de vous ne me le dira, mais c'est tout à fait clair ; je ne peux plus être le chef des clans d'ici. Ma blessure me rend inapte à cette fonction ; un chef diminué ne peut régner que sur un pays diminué et, si je reste, les récoltes seront moins bonnes, les femmes mettront moins d'enfants au monde.

Pas un des guerriers présents n'ajouta la moindre parole. Tous restaient immobiles dans un silence de mort. Alors Mog releva la tête.

– Sencha, reprit-il enfin d'un ton qui hésitait entre la fermeté et la résignation, va chez notre druide. Dis à Fingan que son devoir l'appelle ici, qu'il aura à nommer un autre chef à ma place. Et porte-lui notre salut respectueux.

– Qui es-tu ?

Le garçon que Sencha ne voyait que de dos sursauta et se retourna d'un bond. Il était petit et roux, et semblait avoir tout au plus quatorze ans. Une expression de soulagement se peignit sur son visage criblé de taches de rousseur.

– Tu ne me reconnais pas, Sencha ? Je suis Nédé, du clan d'Azchi.

– C'est vrai... Nédé ! Je comprends maintenant pourquoi tu es là !

Sencha jeta un regard circulaire : la hutte de Fingan, la forêt tapissée de jeunes fougères...

– Ainsi, Nédé, toi qui voulais tant devenir l'élève de notre druide vénéré, tu as réussi. Depuis combien de temps étudies-tu ?

– Un an seulement.

Sencha hocha la tête, avant de s'enquérir :

– Fingan n'est pas là ?

– Il est parti de bonne heure ce matin...

Nédé réfléchit un instant, puis il ajouta :

– ... et il est parti de façon étrange : tout d'abord, il m'a paru inquiet, puis il s'est mis à se gratter partout, comme s'il était atteint de démangeaisons. Il m'a dit alors qu'il avait besoin de réfléchir et il s'en est allé, comme ça.

– Dans la forêt ?

– Oui, par là ! dit Nédé en désignant un sentier sur la droite.

– Dans le bois de chênes ?

Sencha resta un moment songeur.

– Les chênes... reprit-il enfin. Si Fingan éprouve soudain le besoin de se rapprocher des dieux, c'est qu'il doit sentir quelque chose. Il est parti guetter leur message.

– Le soleil est déjà haut, dit Nédé.

– Fingan ne se soucie guère de la notion de temps. Quand tu auras appris à bien le connaître...

– Je ne pourrai pas...

– Pourquoi ?

– Tu sais, quand j'étais jeune, je voulais devenir druide parce que j'admirais beaucoup Fingan, mais cette année d'études m'a ouvert les yeux : je ne suis pas du tout fait pour cela. Ma vocation, je le sens bien, n'est pas d'apprendre mais de créer, de fabriquer de mes mains.

Il tendit ses paumes vers Sencha.

– Tu vois, elles ne supportent pas l'inaction.

Il sourit et ajouta :

– Je vais partir, Fingan m'a donné son accord.

– Tu retournes dans ta famille ?

– Non. Mon père est mort et sa terre était trop petite pour la partager. Ce sont mes frères aînés qui restent à la ferme. Moi, je pars.

– Tu pars ? Où ?

Nédé fit un geste vague, puis ses yeux fixèrent les fougères.

– Voilà Fingan, murmura-t-il.

Sencha leva la tête et son regard s'obscurcit : le druide semblait plus vieux de dix ans. Son visage était fatigué et ses épaules se courbaient.

– Sencha... souffla-t-il sans le moindre sourire.

Le garçon ouvrit la bouche, mais Fingan ne lui laissa pas le temps de parler.

– Je sais, je sais, dit-il. Les armes sont encore sorties de leur fourreau. Ton père est blessé. Je suis allé consulter les dieux. Ils ont mis du temps à me répondre, comme si le problème du remplacement du chef ne les intéressait pas. Au lieu de m'éclairer, ils soufflaient un langage que je ne saisissais pas.

« Alors, j'ai sacrifié un oiseau, pour essayer de comprendre le message. Il est mort proprement, sur le coup, sans la moindre souffrance, et pourtant son sang a coulé longtemps, longtemps ; je le sentais sur mes mains, sur l'herbe. Je le sentais chaud et rouge, rouge, rouge. C'est la couleur de l'avenir de notre peuple.

– Ce n'est pas à cause de nos guerriers morts... comprit tout de suite Sencha.

– Non, bien sûr, la mort n'est rien...

Fingan balança longuement la tête de haut en bas.

– La mort n'est rien, dit-il encore, car les âmes sont impérissables...

Un long silence suivit ses paroles.

– ... pourtant, un jour, régneront seuls l'eau et le feu.

Le druide regarda sans les voir les vieux arbres qui gardaient son domaine et répéta dans un murmure :

– Un jour, régneront seuls l'eau et le feu.

Puis, d'un coup, il devint tout pâle. Ses lèvres remuèrent faiblement.

– La fin est proche, bégaya-t-il. La fin est proche... Je la vois... Les druides s'éteignent... Oh ! Sencha ! C'est cela ! C'est cela que notre dieu Lug a voulu me dire... Sencha !

Le vieillard s'affaissa à terre.

– Fingan ! Fingan ! répondez-moi ! s'affola Sencha en soulevant le maigre corps.

Les yeux aveugles se rouvrirent, non pour voir, mais pour appeler.

– C'est trop tard, dit-il. Ce qui est arrivé au village n'est qu'un signe.

Dans le regard de Sencha, l'inquiétude se transforma en étonnement : une bagarre avec les Namnètes n'avait jamais changé le cours du monde.

– La guerre est finie, dit-il tout de même. Nous avons vaincu ceux de Conn.

– Ceux de Conn ?... Ceux-là importent peu. Non... non... De toute façon, tout est fini. Ils sont venus, avec leurs armures de métal et leurs jambes nues, ils ont réclamé quelque chose... Je ne comprends pas ce qu'ils disent... Mog a répondu non et les épées ont volé. Mais les guerriers sont trop affaiblis pour lutter et l'oppidum est en cendres.

Sencha bondit sur ses pieds :

– Les Romains ? Les Romains au village ?

– Attends, reprit Fingan en lui agrippant le bras. Je te l'ai dit : de toute façon, tout est fini. Écoute-moi bien : va chez les Vénètes, vois mon ami le druide Tasgétios. Pour te faire reconnaître, dis-lui ce passage de la *Navigation de Mael Duin* : « Ils aperçurent une nouvelle île avec une palissade hérissée qui la partageait en deux. Il y avait beaucoup de moutons : un troupeau noir d'un côté de la palissade et un troupeau blanc de l'autre. Et ils virent un gros homme qui séparait les moutons. Quand il jetait un mouton blanc par-dessus la palissade, celui-ci devenait aussitôt noir. De même, quand il jetait un mouton noir par-dessus la palissade, celui-ci devenait aussitôt blanc. » Apprends-le vite.

Sencha ferma les yeux pour graver les mots dans sa mémoire.

– Je les sais, dit-il enfin.

– Retiens-les bien, reprit Fingan, qu'ils soient toujours vivants dans ton esprit. C'est très important.

– Je peux les écrire... proposa Nédé.

– Jamais ! s'écria le druide. Jamais ! Cela figerait les mots à l'état de la mort. Non, Sencha, tu le sais : il ne le faut pas. Toute la substance du texte s'extirpe alors du cœur de l'homme pour se durcir, se rider, se racornir. Les mots doivent rester dans ta mémoire, libres, légers. Seuls pourront les savoir ceux qui les méritent. L'écriture n'est bonne qu'à faire des comptes !

Il se laissa retomber, épuisé.

La pensée de Sencha volait vers le village et son cœur saignait, mais Fingan le rappela à lui d'une voix cassée.

– Écoute encore, dit-il. Je ne t'ai jamais révélé tes interdits personnels... il y a peu de temps que je les connais, et les dieux m'ont laissé assez de vie pour te les dire. Écoute bien, Sencha : ne passe pas la nuit dans une maison qui a son feu à l'ouest ; ne présente jamais ton côté gauche à une ville. Tu dois te rappeler cela toute ta vie durant. Sois brave et courageux. Si tu faillis à l'honneur, honte, blâme et laideur sur toi. Mais j'ai confiance, mon fils. Va maintenant.

– Je ne peux vous laisser ainsi !

– Ne t'occupe pas de moi. Bientôt notre déesse bien-aimée la jument Épona m'emportera vers les Bienheureuses Iles.

– Je ne vous laisserai pas ! insista Sencha. Il n'est pas question que je m'en aille ; je peux vous sauver, j'en suis sûr !

– De quoi veux-tu me sauver ? Es-tu donc tellement ignorant ? Non, Sencha, je sais que non. C'est seulement ton cœur qui parle. Je m'en vais vers une gloire sans pareille. Ne me retiens pas par tes larmes, il n'est pas besoin de cela pour que je sache ton affection. Tu es mon fils. A tout jamais. Mon fils par le cœur. Va, Sencha, n'oublie pas... les Vénètes... c'est ton devoir.

Il sortit de sa ceinture trois grosses pièces d'or et les glissa dans la main du garçon.

– Tu me les rendras dans l'Autre Monde, murmura-t-il avec un pâle sourire.

7

Ils étaient venus nombreux, si nombreux que le chemin avait pris l'aspect tourmenté d'un champ retourné par le soc. La pluie l'avait transformé en bourbier avant que des centaines de pieds ne le défoncent, que les chars n'y creusent leurs ornières. Tout n'était que mort. Les cadavres jonchaient la place et, cette fois, le massacre ne pouvait porter la signature des Namnètes, car il n'avait épargné ni femme ni enfant.

Sencha en resta figé. Il se sentait malade, au bord de l'écœurement. C'était au-dessus de ses forces de regarder ces visages aveugles tournés vers le ciel, ces rictus de souffrance. Il s'appuya contre un mur et vomit.

Tout était fini... c'est bien ce qu'avait dit Fingan.

Il planait un silence de mort. Pas même un grognement de porc ou le caquetage d'une poule. Les Romains n'avaient rien laissé. Tout là-haut, l'oppidum noir et défait n'avait pu protéger personne. La victoire avait été facile à ces misérables qui n'avaient trouvé devant eux que des hommes diminués par leurs blessures, des combattants exsangues.

Sencha serra les poings.

Vaincus. Les plus braves des guerriers avaient été vaincus par la faute de leurs bagarres incessantes, par la faute de leur mésentente, pour n'avoir pas su où était le véritable ennemi. Ils s'étaient dressés trop tard. Ils avaient refusé la réquisition de vivres alors qu'ils n'avaient plus la force de se battre.

– Pourquoi... bredouilla Nédé, un sanglot dans la gorge. Pourquoi avoir tué les femmes, pourquoi les enfants ?

Sencha sentait sa mâchoire tellement crispée qu'il n'aurait pu articuler le moindre mot. Les femmes, les enfants, avaient dû remplacer les guerriers blessés et se battre. Un exemple : voilà ! les Romains avaient voulu faire un exemple pour ne plus jamais rencontrer de résistance sur leur chemin.

Nédé sanglotait maintenant en silence, seuls des hoquets soulevaient parfois ses épaules. Le regard de Sencha se perdait dans les grains lisses et dorés d'un sac de blé éventré. Il ne pouvait pas pleurer. Il se sentait comme pétrifié, anéanti. Il ne voyait plus rien que des taches qui tournaient dans sa tête, des taches rouges, rouges. Puis, sans qu'il sache pourquoi, la couleur du jour perça les brumes de son esprit, le monde s'éclaira de nouveau, et il vit. Il vit les maisons, il vit la terre, il vit tout. Il devait réagir. Réagir ! Se mettre en quête d'éventuels survivants.

Comme un somnambule, Sencha reprit sa marche, s'efforçant de regarder les visages. Il n'y avait plus aucune vie. Aucune. Il ne cherchait personne en particulier, ni père ni mère. Tous les morts lui étaient aussi chers. C'étaient les siens, une partie de lui qui s'arrachait. Par la porte béante de la maison de son père, plus aucun rire ne jaillissait, aucun bruit.

Le regard de Sencha erra sur le sol de terre battue, remonta vers les coffres de bois, vers le renfoncement du mur où l'on couchait Simon pour le mettre à l'abri des animaux... Ses yeux percèrent l'obscurité...

– Simon ! Simon !

L'enfant fixait son frère avec des yeux immenses, agrandis d'effroi.

Sencha se précipita, le serra contre lui.

– Simon, murmurait-il, Simon...

Le petit s'était raidi, puis il avait éclaté en sanglots, libérant sa terreur.

– Ça va aller ! Ça va aller, disait Sencha. Je suis là, tu vois, n'aie pas peur... Là...

Il le berçait et lui parlait doucement, comme lorsqu'il était bébé. Quand l'enfant fut calmé, il le reposa sur sa couche : mieux valait qu'il ne voie pas le carnage.

– Attends-moi, souffla-t-il, je reviens tout de suite. Il n'y a plus rien à craindre : il n'y a que toi et moi, et mon ami Nédé que tu vas voir bientôt.

Sencha ressortit enfin, sans regarder autour de lui, et se rendit droit à l'atelier. Maintenant il fallait agir, prendre des outils, donner à chacun une sépulture décente. Faire ce que son père aurait fait.

Sans un mot, Nédé lui emboîta le pas.

Ils travaillèrent jusqu'à la tombée de la nuit, noirs de terre et de sueur. Ils se lavèrent à la fontaine, toujours sans une parole, et regagnèrent la maison du chef. Ils ne mangèrent pas. Ils se glissèrent dans le souterrain, celui-là même qui débouchait là-haut, dans l'oppidum, pour se mettre à l'abri d'une nouvelle visite, peu probable pourtant, et s'allongèrent dans l'obscurité, Simon entre eux deux.

Sous leurs paupières closes, la terre buvait lentement les flaques de sang, leur arrachant des frissons involontaires qui les glaçaient. Puis la sueur leur perlait au front, et ils s'asseyaient dans la nuit, les yeux grands ouverts, la respiration haletante. Enfin ils se rallongeaient lentement, à la recherche d'une pensée apaisante.

Ils avaient mis leur peuple en terre, en essayant de glisser auprès de chacun un objet lui ayant appartenu mais, pour accompagner le chef dans son long voyage, ils n'avaient pu trouver aucune bête de son troupeau – tout avait été emmené par les pillards – et Mog se sentirait dépouillé de toute sa grandeur. Cela causait à Sencha une blessure supplémentaire, mauvaise, empoisonnée.

– Le jour est levé, souffla Nédé.

Il quitta le souterrain avec prudence, guettant tout bruit qui viendrait du dehors. Mais le même silence de mort planait sur le village. Il ne reconnaissait même plus ces maisons, aujourd'hui désertées par la vie : des squelettes inutiles et froids.

Sencha contempla un moment la courte silhouette du garçon qui s'encadrait dans la porte. Ainsi, ce n'était pas un rêve, le village était bien mort. Il ferma les yeux et, au fond de son cœur, un grand cri appela Fingan. Fingan ! Pourquoi tous le quittaient-ils en même temps, pourquoi Fingan s'en allait-il aussi ? Il n'y avait plus personne devant lui, personne pour lui ouvrir le chemin, personne pour le conseiller. Il était seul. Ils étaient tous partis. Ils l'avaient obligé d'un coup à devenir un homme.

Sencha sentit les larmes perler derrière ses paupières. Pleurer lui aurait fait du bien. Pleurer. Crier... Fingan !... Dans sa tête, les mots tournaient. Fingan ! Fingan, aide-moi !

Aller le voir : oui, peut-être était-il toujours en vie. Aller le voir.

Sencha rouvrit les yeux... Il n'avait pas le droit, il le savait. Maintenant, il fallait partir, ne plus penser à rien. Aller chez les Vénètes, voir Tasgétios. Partir.

Il posa la main sur le gros coffre de bois qui s'appuyait au mur. Il lui sembla soudain si familier que les larmes faillirent lui monter encore aux yeux et, en même temps, il se sentit comme apaisé.

Toucher lui redonnait le sens des choses concrètes, solides, celles qui résistent au temps et aux états d'âme. Il était le nouveau chef du coffre, le nouveau chef du clan, même s'il n'y avait plus de clan. Il souleva le lourd couvercle de bois. Ses gestes étaient sûrs et précis. Il sortit du coffre deux grosses capes de laine brute pour Simon et pour lui. Il mit la plus petite sur les épaules du garçon et l'attacha devant par une fibule de bronze, gravée d'un if et d'un corbeau, les emblèmes de son clan. Puis il passa sa tunique fourrée, enfila ses chaussures de cuir aux épaisses semelles et roula sa cape.

– Ça ne t'ennuierait pas... commença Nédé hésitant. Tu accepterais que je parte avec toi ?

– Si tu veux... Au contraire, mieux vaut voyager à plusieurs.

Sencha sortait à présent un à un tous les autres vêtements empilés et les pliait sur le couvercle grand ouvert. Quand le coffre fut vide, il tâtonna sur le fond jusqu'à ce qu'il découvre la discrète encoche. Il y glissa le doigt.

La planche se souleva au bout de son index, découvrant un double fond, et Sencha l'aperçut, clair sur le bois noir.

– Qu'est-ce que c'est ? s'ébahit Nédé.

– Un bijou de famille, dit-il, un collier très ancien : un torque d'or.

Il caressa l'objet d'un doigt ému. Le torque était magnifique, tout d'une seule torsade fermée de chaque côté par une grosse boule d'or. Il avait suivi ses ancêtres partout lors de leurs pérégrinations, jusqu'ici où, enfin, ils s'étaient arrêtés voilà bien des générations. Sencha avait entendu dire qu'on en fabriquait encore de semblables chez d'autres peuples celtes...

– Chez nous, murmura-t-il lentement, c'est extrêmement rare. Celui-ci est le seul torque d'Armorique.

Religieusement, il fit glisser la torsade d'or

autour de son cou, puis il reposa avec soin les vêtements dans le coffre, comme s'ils devaient servir le lendemain, et referma.

– Partons, dit-il.

D'un geste puissant, il souleva Simon pour l'installer dans son dos, solidement maintenu par une large bande de tissu.

Dehors, la brume était tombée.

Sencha sortit sans un mot, suivi de Nédé. Ils contournèrent à grands pas la maison au toit de chaume qu'ils ne reverraient sans doute jamais ; l'odeur de l'incendie planait encore, captive de l'épaisse brume qui étouffait le village.

La rivière paraissait encore plus grise que d'habitude. On ne voyait que le bout des branches des saules pleureurs qui y trempaient leurs feuilles sans couleur.

Attaché à un peuplier, le radeau demeurait immobile. Il semblait en bon état : les outres qui le maintenaient sur l'eau n'avaient pas perdu d'air et les cordes de chanvre liant entre elles les grosses branches semblaient presque neuves.

Sencha y installa Simon, fit monter Nédé, puis entreprit de détacher le radeau. De la main droite, il tenait toujours la corde. Sans la lâcher, il entra dans l'eau et se hissa d'un mouvement leste sur l'embarcation, ce qui réveilla brutalement la douleur de sa cuisse blessée.

Sous la poussée de la perche, le plateau de bois oscilla, hésitant, avant de gagner le milieu de la rivière et de glisser doucement dans la brume. Alors, seulement, Sencha s'accroupit et déposa la perche à côté de lui. Le courant les emporterait sur la rivière ; c'était le moyen le plus rapide et le moins dangereux de quitter le village. Il avait maintenant envie de s'éloigner au plus vite, de tout laisser derrière lui, de tout oublier. Et, en même temps, il savait qu'il n'oublierait rien, et c'était peut-être aussi bien ainsi.

Ils se partagèrent un des pains que les Romains n'avaient pas su trouver dans le four, mais manger leur fut pénible.

– Et s'ils nous prennent ! s'inquiéta soudain Nédé en scrutant les rives.

– Qui ?

– Les Romains !

– Je ne crois pas à un quelconque danger... Ils ne nous cherchent pas. Ils ignorent même notre existence et se fichent pas mal de nous, les Romains ! soupira Sencha avec un rictus douloureux. Nous n'avons rien à leur donner, nous ne présentons donc aucun intérêt pour eux.

Simon mangeait silencieusement, se préoccupant surtout de porter convenablement son pain jusqu'à sa bouche. Il avait pleuré toute la nuit, en prenant garde que Sencha n'entende pas. Sencha avait bien assez de soucis comme cela ! Maintenant, il fallait se faire petit et léger.

Il mâcha consciencieusement. Il aimait bien le pain : si on ratait son mouvement, ça ne vous éclaboussait pas traîtreusement la chemise. Ses yeux vifs observaient les remous de la rivière et les berges d'où plongeaient de petites grenouilles vertes. La brume rendait tout incertain, et le radeau surprenait une portée de marcassins avant qu'elle ne l'ait entendu venir. Cela déclenchait les

Sous la poussée de la perche, le plateau de bois oscilla, hésitant, avant de gagner le milieu de la rivière et de glisser doucement dans la brume.

cris effrayés des petits et les grognements sombres de la mère.

Simon agrippa son frère par la manche et lui indiqua d'un regard la rive.

– Ordan ! s'écria alors Sencha.

Le jeune homme brun leva la tête, une expression de profonde surprise sur le visage, tandis qu'à grands coups de perche Sencha rapprochait le radeau de la berge.

– Que faites-vous ici ? s'inquiéta Ordan.

– Nous partons.

– Vous partez ?

L'ahurissement le plus complet se peignait sur les traits du garçon. Il accrocha sa main à la sangle du gros sac de plantes qu'il ramenait.

– Je n'ai pas pu rentrer hier soir, ajouta-t-il... Mais je ne comprends pas... Et tu portes le torque d'or !

La pensée qu'il n'avait même pas remarqué l'absence d'Ordan parmi les cadavres frappa Sencha.

– Le village n'a plus besoin de plantes, dit-il enfin. Parce qu'il n'y a plus de village.

Ordan ouvrait des yeux ronds.

– Les Romains sont venus, expliqua Nédé, sûrement pour chercher des vivres, à ce que dit Sencha.

– Ah !... articula Ordan dans un souffle. Tu... tu veux dire... comme chez les Riedones ?

– Les nôtres ont résisté, poursuivit Sencha, tu imagines...

Ordan gonfla sa large poitrine et ses mâchoires se serrèrent.

– Comme chez les Riedones, gronda-t-il. Mog avait raison !

Il respira douloureusement, et hurla :

– Mog avait raison !

– Calme-toi, Ordan. Non, je te l'ai dit : aucun survivant, que Simon qu'ils n'ont pas dû voir.

Ordan restait immobile, les jambes repliées contre sa poitrine.

– Et où allez-vous ? demanda-t-il enfin.

– Chez les Vénètes. Fingan nous l'a demandé.

– Pour quelle raison ?

– Je ne sais pas. Je pense qu'il a jeté dans le feu les branches de sorbier, et elles lui ont indiqué cette direction. Fingan est vraiment un très grand druide, tu sais. Quand je suis allé le trouver, il avait déjà tout compris : la bataille, la blessure de mon père, les Romains, et aussi un grand malheur... Non ! pas seulement le malheur du village. J'ai cru comprendre que les druides eux-mêmes voient la fin de leur temps et que cela aurait un rapport avec la présence des Romains.

8

Ils descendirent la rivière jusqu'au premier confluent, point de jonction des territoires coriosolite, namnète et vénète. Ils poussèrent le radeau sur la rive, l'arrimèrent par habitude, en sachant pourtant qu'il y avait fort peu de chances pour que l'avenir ramène leurs pas de ce côté.

« Il vaut mieux quitter la rivière », avait dit Sencha. Et tous furent de son avis : à partir d'ici, la rive gauche des eaux appartenait aux Namnètes et même si, eux, Coriosolites, n'étaient pas en guerre avec l'ensemble de ce peuple, il se pouvait que le clan de Conn y eût des amis.

Sencha mit son frère sur son dos et ouvrit la marche : on couperait à travers bois jusqu'à ce qu'on trouve un chemin qui se dirigerait vers le sud-ouest.

Simon observait tout avidement ; lui qui n'avait jamais quitté le village n'arrivait pas à se rassasier de cette abondance de sensations nouvelles, des bruits, des odeurs, des paysages.

Quand il arrivait à ne plus songer au passé, il se sentait heureux. Sencha s'occupait de lui comme personne, l'habillait avec soin, nouant consciencieusement ses braies au bas de ses jambes maigres, le coiffait chaque jour avec son beau peigne en os, et avait même coupé ses cheveux comme il coupait les siens, pour qu'ils ne tombent pas plus bas que les épaules et ne se fassent pas accrocher par les branches mortes. Et puis, il lui avait tendu le miroir de Nédé et, pour la première fois, l'enfant avait vu son visage. Il ressemblait beaucoup à Sencha et s'en sentit très fier : les mêmes cheveux presque blonds, le même nez droit, la bouche assez fine. En revanche, il n'avait pas bien distingué la couleur de ses yeux, mais ils étaient forcément bleus, comme tous ceux de sa famille, comme ceux de Sencha. Simon était si fier de son frère ! Il le trouvait beaucoup plus fin et intelligent qu'Ordan !

Ordan ?... Il n'était pas laid, il était fort et courageux... mais ce n'était pas pareil. Simon, lui, s'il avait eu le choix, aurait voulu être exactement comme Sencha, oui !... Dommage que sa naissance difficile ne lui ait pas laissé sa chance. Tout était bien vivant en lui, ses jambes et ses bras bougeaient mais sans arriver à faire le mouvement qu'il aurait voulu.

Les autres semblaient n'avoir aucune difficulté à saisir un objet, à se mettre debout, à poser un pied, puis l'autre, à se déplacer.

– Simon ! s'exclama soudain Sencha. Veux-tu manger des morilles au repas ? Regarde-moi ça !

Sur le bord de la haie, le jeune homme se

pencha pour cueillir un champignon beige, ramassé, tourmenté comme un noyau de pêche.

– Il y en a plein ! s'écria Nédé.

Ordan fit une petite grimace.

– Je préfère les bolets !...

– Ce n'est pas la saison ! remarqua Sencha.

– Peut-être... mais pour accompagner la poule d'eau que j'ai tuée ce matin... j'aurais mieux aimé.

– Si tu ramassais tout de même des morilles ! proposa Nédé.

– Oh ! vous êtes bien assez de deux. Moi, les cueillettes... Parle-moi plutôt de la chasse, oui. Le petit gibier... paf ! avec ma fronde... Pour le gros, tiens, je vais me faire un arc, puisque pas un de vous n'a pensé à en emporter.

– Nous avions l'esprit ailleurs ! murmura Sencha d'une voix lointaine.

– Nédé n'a même pas un lance-pierres ! Il nous faut fabriquer des armes, c'est le plus important.

Nédé rougit un peu sous ses taches de rousseur.

– Je ne sais pas tirer, dit-il enfin.

– Quoi ? Pas tirer au lance-pierres !

– Enfin, je veux dire que je n'atteins pas souvent ma cible.

Le rire d'Ordan éclata :

– Eh bien, mouflet, tu ne feras pas un grand guerrier !

– Je ne veux pas être un guerrier, fit Nédé d'un ton boudeur. Je ne veux pas porter d'armes, je veux seulement devenir un bon artisan.

– Un artisan !

Le ton était moqueur, et un peu de mépris se lisait dans le rictus d'Ordan.

– Non mais je rêve ! lâcha-t-il encore.

– Je sais me battre, reprit rapidement Nédé. Je n'aime pas cela, c'est mon droit !

– A vrai dire, intervint Sencha, je te comprends.

Et, prévenant l'ironie d'Ordan, il ajouta aussitôt :

– Il est bon que chacun suive son chemin. Si nous devenions tous artisans, cela poserait des problèmes, mais si nous devenions tous guerriers, ce serait encore pire.

– Avec mon épée... commença Ordan en brandissant son arme.

– Tu n'aurais pas d'épée, cria Nédé, s'il n'y avait pas d'artisan !

Sencha fit un mouvement d'apaisement.

– Il n'est peut-être pas nécessaire de se disputer, dit-il, Nédé a raison : nous avons besoin les uns des autres.

Comme, aujourd'hui, il se sentait loin de ces disputes stériles. Était-ce parce qu'il avait pris la responsabilité du groupe ? Sans doute. Sans doute aussi cela laissait-il aux autres le droit à l'enfantillage.

– En revanche, reprit Nédé conciliant, je sais fabriquer des lance-pierres, des frondes, des arcs, et même des flèches rapides et sûres.

Ordan le contempla un instant, avant de sourire.

– Voilà ce qu'il fallait dire, mon vieux. Nous nous entendrons, tu verras.

Simon s'agita sur le dos de son frère et parvint à lui gratter l'épaule.

Aussitôt, Sencha fut en alerte.

Ordan copia sur lui son attitude, en fouillant du regard les sous-bois qui fermaient le bord du chemin. Puis il se détendit d'un coup et bondit dans les buissons. Il était sûr de l'avoir, d'immobiliser sous son poids le sanglier ou le faon qui s'y cachait.

Le contact le surprit : l'animal prisonnier de ses bras était habillé d'une tunique de laine marron, longue, serrée à la ceinture par une chaîne de gros maillons de bronze.

– Ça alors !

– Qu'est-ce que tu as pris ? s'inquiéta Nédé en se précipitant.

– Tu parles... À moins que tu n'aimes les filles au court-bouillon pour le dîner...

– Une fille ?

Tous les regards convergèrent vers le fourré, vers la forme brune qui se relevait, la main sur le large collier de bronze qui ornait la base de son cou.

– Quelle idée de se cacher dans les buissons ! s'exclama Ordan.

Il fixa la jeune fille un court instant, puis lui saisit le poignet, et lui tordit le bras dans le dos.

– Tu nous espionnais, hein ?

– Lâche-moi, tu me fais mal !

– Dis-nous ce que tu fabriques ici !

– Je vous le dirai si tu cesses de me brutaliser !

– Pour que tu files ? Parle d'abord !

– Dis-nous qui tu es, demanda Sencha d'une voix rassurante.

– Je suis gauloise.

– Quoi ? hurla Ordan.

Sencha fit signe à son ami de se calmer, qu'on n'arriverait à rien en criant.

– Tu ferais mieux de dire la vérité, je t'assure : d'une part, si tu étais vraiment de notre peuple, tu dirais « Celte ». Ce sont les Romains qui nous appellent « Gaulois ». Nous savons donc déjà que tu n'es pas des nôtres. D'autre part, tes cheveux noirs, ton teint basané et ta petite taille sont révélateurs : tu appartiens à un peuple du Sud. D'où viens-tu ?

– C'est une Romaine, gronda Ordan, elle nous espionnait !

– Non !

La jeune fille dardait sur eux des yeux furieux.

– Lâche-la, dit Sencha.

Mais Ordan restait inflexible.

– Qu'elle parle !

– Je ne parle jamais sous la torture, articula la jeune fille d'un ton menaçant.

Sencha lui lança un regard amusé. Elle était plutôt jolie, elle savait ce qu'elle voulait... La torture ?... Bien sûr !

– Tu es esclave, n'est-ce pas ?

La révélation lui était venue brusquement. Une étrangère, visiblement, toute seule, une étrangère parlant le celte avec un léger accent, et qui avait déjà connu la torture...

La jeune fille le regardait maintenant avec un visage buté mais, un court instant, l'éclair de ses yeux lui avait révélé qu'il avait vu juste.

– Tu n'as rien à craindre, dit Sencha, nous sommes tous quatre des Celtes du peuple des

Coriosolites. Notre village a été rasé par les Romains et nous nous rendons chez les Vénètes.

La jeune fille retira violemment la main qu'Ordan lui tenait dans le dos avec maintenant moins de vigueur, et se frotta le poignet sans dire un mot.

– Si tu es esclave de Celtes, reprit Sencha, tu peux me croire, nous ne te dénoncerons pas. Si tu es esclave des Romains, tu dois comprendre que nous sommes du même côté.

Le fin visage semblait moins fermé. Les yeux s'éclairaient peu à peu.

– Tu peux nous dire ton nom, au moins ! intervint Nédé.

La jeune fille secoua la tête. Ses traits se détendaient enfin.

– Je ne peux pas vous dire mon nom, commença-t-elle d'une voix ferme : j'en ai eu trop. Je suis née dans un pays où on parle la même langue qu'ici, mais c'est loin vers le Sud, en Hispanie je crois. J'ai été prise en otage par les Romains, puis vendue à un marchand grec qui m'a échangée contre de l'étain au port de Corbilo [1], chez les Namnètes, et mon nouveau propriétaire m'a revendue à un chef romain qui voulait m'expédier à Rome, comme cadeau à sa femme.

Les quatre garçons en restaient bouche bée.

– Tu t'es enfuie ? demanda enfin Sencha.

– Je ne veux plus être esclave ! s'emporta la jeune fille.

1. On suppose que le port de Corbilo se situait à l'estuaire de la Loire, mais on n'en a pas retrouvé de traces.

Simon gratta le dos de son frère, et fit des mouvements de main.

– Simon voudrait savoir, dit Sencha, comment tu t'es enfuie.

La jeune fille eut un fin sourire. Pour la première fois, son visage s'adoucit. Elle fixa le petit garçon, sur le dos de ce jeune homme à l'air intelligent, et dit :

– Tu vois, Simon, je sais ce que c'est que d'être vendue. Je connais les maîtres, je sais ce qu'on peut attendre d'eux. Alors, au marché de Corbilo, je me suis montrée sage et patiente : si on se révolte ouvertement, on est frappé et ça ne sert à rien, je l'ai appris depuis longtemps. J'ai aujourd'hui seize ans, et j'ai vu le monde. Le Romain m'a achetée et m'a fait monter dans une charrette pleine de sacs. J'ai cru comprendre qu'il était venu avec ses hommes chercher du ravitaillement et qu'ils repartaient tous chez le peuple des Andes, vers l'Est, où ils avaient leurs quartiers d'hiver.

A l'adresse de Sencha, elle nota :

– Ils ne cessaient de maudire la mauvaise volonté des Gaulois, et c'est ainsi que j'ai appris le nom des peuples d'ici.

Elle se tourna de nouveau vers Simon qui écoutait passionnément, avant de continuer :

– J'avais mon plan ! A la première côte, bien sûr, on m'a fait descendre pour alléger la charrette et j'ai avancé à pied, en claudiquant de façon évidente, jusqu'à ce que le Romain le remarque : « Mais tu boites ! Cheville foulée ? » J'ai dit que non, que c'était de naissance, et que les médecins avaient confirmé que cela ne ferait qu'empirer. Je peux te dire, Simon, qu'il a fait une sale tête. Il a fulminé, hurlé contre le marchand et contre moi, il m'a donné une gifle pour n'avoir rien dit avant, puis il a rejoint ses hommes, tellement en colère qu'il m'a plantée là, derrière le chariot. Je boitais de plus en plus bas à chaque fois qu'un soldat se retournait, jusqu'à ce qu'ils ne me surveillent plus, pensant que je ne risquais pas de m'échapper. Voilà.

Comme Simon semblait en vouloir encore, elle fit un clin d'œil et ajouta :

– Au premier tournant, j'ai bondi dans les buissons et je me suis mise à courir à travers bois.

– Elle peut rester avec nous, hein, Sencha ? fit Nédé subjugué.

Simon s'agita et fit des signes de tête.

– Si cela t'arrange de te joindre à notre groupe, Simon est d'accord, remarqua Sencha.

– Elle pourra faire la cuisine et entretenir le linge ! s'exclama Ordan.

La jeune fille lui lança un regard noir.

– J'ai dit que j'étais une esclave, mais depuis deux jours je ne le suis plus. Rappelle-toi cela, homme sans cervelle !

Ordan la fixa avec stupéfaction, puis son regard se fit de plus en plus furieux.

– Si tu crois, commença-t-il...

– Laisse ! fit Sencha conciliant, elle est encore susceptible, mets-toi à sa place.

– Oh ! toi ! grogna Ordan, toujours aimable et calme. Bon, je passe sur les injures, mais qu'elle n'y revienne pas.

– Si tu restes, osa timidement Nédé, on pourrait t'appeler Medb[1], et il rougit jusqu'à la racine des cheveux.

– Pourquoi Medb ? interrogea Ordan.

– Parce que c'est un joli nom, non ?

– C'est un joli nom-non, ironisa Ordan.

– Ça me plaît, dit aussitôt la jeune fille.

Nédé se moquait pas mal de ce que pensait Ordan. Il était heureux que le nom plaise à cette jolie personne.

– C'est le nom d'une reine, ajouta-t-il, une reine des Celtes.

– C'est vrai, dit Sencha... des Celtes qui habitent une île toute proche de l'île de Bretagne. C'était une femme de caractère, la reine Medb ! Mais je vois que tu sais bien des choses, Nédé !

Le garçon se mit à rire.

– C'est le seul récit que j'aie réussi à apprendre en un an chez Fingan !

1. On prononce « Mève ».

9

Ordan saisit sa fronde d'un geste automatique, puis se ravisa et opta pour son lance-pierres : dans ces sous-bois, son tir y gagnerait en précision, il pourrait choisir sa trajectoire et pas seulement le but à atteindre.

Nédé jouait les chiens d'arrêt. Il attendit que la pierre vole et se précipita pour fouiller les fourrés.

– Uniquement des traces de sang ! s'écria-t-il. L'animal a dû filer !... Oh !

– Qu'est-ce qu'il y a ?

Ordan se haussa sur la pointe des pieds pour apercevoir le garçon, mais celui-ci s'était accroupi et on ne devinait que vaguement la forme de son corps. Enfin, Nédé se redressa. Son visage resplendissait.

– Les fourrés sont riches, par ici ! s'exclama-t-il. Un jour on y trouve une fille, un jour ceci, regardez !

En rejoignant ses compagnons, il brandissait

triomphalement entre le pouce et l'index un petit objet rond.

– Un statère d'or !

Il l'observa attentivement et conclut :

– C'est une pièce frappée par les Vénètes, assez ancienne... une vraie, pas une imitation juste enrobée d'une fine pellicule dorée !

Medb s'approcha.

– Comment sais-tu que cette pièce de monnaie est vénète ?

– Regarde, jubila Nédé : tu vois, sur ce côté, une tête d'homme tournée vers la droite et, de l'autre côté, un cheval à visage humain, avec un homme allongé en dessous.

– Et c'est vénète ? ricana Ordan.

– Parfaitement. C'est une pièce ancienne, car elle est tout en or et que, malheureusement, on n'en fabrique plus de pareilles puisque les gisements d'or sont épuisés. Les Riedones y auraient mis une roue, les Osismes sans doute un sanglier, les Namnètes... non, ça ne vient pas de chez eux !

Il fit tourner la pièce dans ses doigts, la soupesa, la frotta pour la faire briller. Débarrassée de sa gangue de crasse, elle était devenue magnifique, luisante, et il ne faisait plus de doute pour personne qu'elle était bien en or.

– Sencha ! murmura Nédé. Tu ne dors pas ?

– Non...

– Tu sais ce que j'ai pensé ? J'aimerais fabriquer des pièces, comme celle que j'ai trouvée ajourd'hui. Cela m'a tourné dans la tête tout le jour. C'est un métier formidable. Je pourrais essayer d'inventer de nouveaux dessins, travailler la gravure. Tu crois que ce serait possible ?

– Il paraît que les Vénètes ont les meilleurs ateliers, des forges extraordinaires. Nous pourrions, si tu veux, nous mettre à la recherche de l'une d'elles. On t'y acceptera peut-être comme apprenti !

Nédé s'allongea de nouveau et remonta son manteau de laine jusqu'au cou. Dans la nuit, il souriait à la lune qui éclairait faiblement leur campement improvisé de la clairière.

Sencha n'arrivait pas à dormir. C'était ainsi depuis le fameux soir où ses yeux horrifiés avaient découvert le massacre. La scène restait indélébile derrière ses paupières fermées. Et puis l'image de Fingan lui revenait sans cesse. Il se reprochait de l'avoir laissé seul, et en même temps... que pouvait-il faire d'autre ? Pourquoi le druide avait-il voulu l'envoyer de toute urgence chez les Vénètes ? Comment était-il maintenant ? Il se l'imaginait seul, agonisant près de sa hutte...

Simon fut agité de mouvements nerveux pendant son sommeil, et Medb le calma en lui posant la main sur le front. Alors Sencha se détendit. Il était heureux que Simon et Medb s'entendent bien. Elle était si gentille, si gaie. C'était bon pour le petit... Pourtant, demain peut-être Medb choisirait-elle de partir. C'était un esprit indépendant.

Sencha se retourna sur son lit de mousse. Oui, demain, ils arriveraient chez le druide Tasgétios, c'est ce que leur avait dit le potier, celui qui tournait des vases si fins. Ils étaient tous restés à le regarder travailler la terre de ses mains habiles, émerveillés. Il avait lissé le pot, minutieusement, avec un galet, et puis il l'avait décoré de superbes dessins, rien qu'avec son ongle : des traits profonds, des ondulations, des ronds, des ensembles de petites figures en étoile. Un véritable artiste, qui faisait sortir de son atelier une poterie tellement supérieure aux grossières jattes du village que chacun fabriquait pour son propre usage.

Demain. Pourvu qu'il ne pleuve pas ; tout était tellement triste quand les capes étaient mouillées et les chaussures pleines d'eau.

– Le bois est trop humide, dit Medb, je vais essayer de trouver quelques branches sèches.

Ordan se souleva sur un coude et observa la jeune fille agenouillée près du feu. Elle était fine et gracieuse, et un sourire éclairait le visage qu'elle levait vers Sencha. Sans savoir pourquoi, Ordan se sentit l'envie brûlante de proférer une méchanceté :

– Retrouverais-tu ton âme d'esclave ?

Il comptait la fâcher, elle n'eut même pas un mouvement d'humeur.

– Tu ne comprends donc rien, dit-elle de sa voix chantante, je ne me sens esclave de personne : je participe à la vie collective et je prends ma part de ses contraintes.

Elle ne l'injuriait pas, elle n'élevait pas la voix. Il en fut inexplicablement vexé et de plus méchante humeur encore.

– J'espère au moins que tu sais faire le gruau, grogna-t-il, puisque tu as eu la riche idée d'échanger hier le marcassin contre du lait et de la farine.

– Ordan... (l'impatience gagnait du terrain, c'était tout à fait net dans le ton de Medb) nous avons mangé du marcassin à tous les repas depuis deux jours. Il est bon de changer un peu, tu ne crois pas ?... Et puisque tu me cherches, je te dirai qu'au lieu de te prélasser sur la mousse tu ferais mieux d'aller te passer de l'eau sur le visage. C'est bon pour la peau et pour le caractère.

– Le caractère !... Eh bien en voilà une qui sait de quoi elle parle ! Tu n'as guère dû te passer à l'eau, toi !

– Cette fois, éclata la jeune fille, tu vas un peu loin, Ordan !... Sencha, dis-lui de me ficher la paix !

Sencha se contenta de sourire. Quelque chose n'allait pas bien chez Ordan ce matin, mais ce n'était pas à lui de prendre parti.

– C'est ça ! ironisa Ordan. Cherche protection auprès du beau Sencha ! Tout le monde sait bien que tu n'es pas capable de te défendre toute seule !

Medb eut une mimique excédée, puis la sagesse l'emporta et elle se contenta de hausser les épaules, comme elle l'aurait fait avec un enfant buté qu'il est inutile d'essayer de raisonner.

Sencha se demanda s'il n'était pas temps pour lui d'intervenir, mais il ne voyait pas bien de quelle façon.

A ce moment précis, des branches craquèrent, et Nédé apparut, ses cheveux roux en bataille.

– Les marais sont tout près, signala-t-il, et au loin on aperçoit la mer.

Simon articula un petit cri, en frappant l'arbre contre lequel on l'avait appuyé.

– Tu veux voir ?... dit Sencha.

Aussitôt, Medb se précipita pour soulever l'enfant et le hisser sur le dos de son frère. Puis elle installa le tissu qui le maintenait confortablement assis, et en glissa les deux extrémités sous les bras du jeune homme, pour qu'il les noue sur son ventre.

Pas une seconde de la scène n'échappa à Ordan, mais il ne fit pourtant pas la remarque qui lui brûlait les lèvres : Sencha se débrouillait très bien avec Simon, elle n'avait pas besoin de...

Il ramassa le bois. On irait faire le feu un peu plus loin, à un endroit d'où l'on verrait la mer. Quand il releva la tête, il s'aperçut que Medb était en train de rouler la cape de Sencha. Là, il ne put s'empêcher...

– Merveilleux ! s'exclama-t-il. Sencha a vraiment une chance insolente ! Ce doit être l'effet du torque d'or, qui possède sûrement des pouvoirs magiques insoupçonnés pour dresser les esclaves !

Sencha leva les yeux sur Ordan : l'amertume plus que l'insolence de ses paroles le frappait. Que lui arrivait-il ? Il craignit la réaction de Medb, mais elle se contentait d'arborer une mimique désolée, désespérant de civiliser un jour ce garçon. C'est vrai qu'elle était jolie, très jolie ; avec ses cheveux noirs et brillants, dont elle attachait sur la nuque les mèches partant de ses tempes brunes.

Il choisit un ton mi-rieur mi-solennel, pour annoncer :

– Il est vrai que le torque a des pouvoirs suprêmes. Je prends Simon, Medb roule les capes, tu ramasses le bois, Nédé regroupe les provisions. Tout s'organise comme par magie !

– Tu es pressé de voir la mer, hein, Simon ! ajouta Medb.

Elle donna à Sencha sa cape, ramassa rapidement celle de Nédé et celle d'Ordan, et s'en mit une sur chaque bras.

– Dépêchons-nous, dit-elle.

Les herbes étaient longues et sèches et s'accrochaient aux braies, les trous d'eau imaginaient des pièges sous les pieds.

Sencha, portant Simon, ouvrait la marche, suivi de Medb, puis de Nédé, et enfin d'Ordan qui surveillait les arrières. Le voyage s'était bien passé. Les loups qui avaient hurlé dans les bois tout l'hiver avaient dû regagner les pays plus froids du Nord, car on n'en avait pas entendu un seul. On n'avait pas non plus rencontré la moindre troupe de brigands : d'ailleurs, qui se serait intéressé à leur pauvre groupe ?

– On n'avance pas, grogna Ordan. On patauge ! On n'arrivera jamais avant ce soir !

– Le ciel se couvre, remarqua Nédé.

Sencha s'arrêta un court instant pour observer le paysage.

– Nous y sommes presque : le potier nous a bien dit qu'après le marécage le terrain s'élève d'un coup ! Voilà les hauteurs.

De la main, il indiquait une falaise qui plongeait dans la mer, et continua :

– A partir de là, c'est une succession de petits monts séparés par des criques. La mer est basse :

nous passerons sans problème. Il vaut mieux perdre un peu de temps et rester en sécurité ; nous n'avons aucun intérêt à rencontrer les Romains qui patrouillent parfois là-haut, ni nous ni Medb.

Il regarda le ciel. Les mouettes poussaient des cris perçants en volant en tous sens. Était-ce à cause de la présence de l'homme qui dérangeait leurs habitudes ? Était-ce à cause de l'orage qui se préparait ?

Les premières gouttes s'écrasèrent sur les rochers, larges et chaudes. Ils s'emmitouflèrent dans leur cape. On prêta à Medb celle de Simon qui n'en avait pas vraiment besoin, enveloppé qu'il était dans la même que son frère.

Les gouttes se précipitaient maintenant, de plus en plus drues, frappant impitoyablement rochers et voyageurs. Le ciel craqua au moment précis où un violent éclair le zébrait. Ils se mirent à courir sur la plage de sable dur, au milieu des grêlons qui claquaient dans les flaques.

Là-bas, on aurait dit que la plage remontait vers une lande rase. On n'y voyait presque plus, mais Sencha avait cru y discerner une maison.

Sous des trombes d'eau mêlée de grêle, ils escaladèrent la pente raide qui les laissa ruisselants, le souffle court, indécis, devant un grand dolmen.

La grêle redoubla, frappant avec une telle violence qu'ils échangèrent des regards terrorisés : pénétrer tout de même sous le dolmen ? Ils n'avaient plus le choix.

Ils se glissèrent l'un contre l'autre, accroupis sous la pierre plate, le plus près possible de la sortie malgré la pluie qui, rebondissant sur le sol détrempé, les éclaboussait de gouttes pleines de terre.

Nédé s'était blotti près de la pierre de l'entrée et n'osait plus bouger de peur de la toucher, de peur d'effleurer les signes étranges qui y étaient gravés. Son menton tremblait un peu et, mentalement, il s'excusait auprès des dieux et des morts qui habitaient là.

– Tu as froid ? s'inquiéta Medb qui paraissait parfaitement sereine.

– Il a peur, répondit simplement Sencha.

Il respirait lentement pour essayer de retrouver son calme.

Un nouvel éclair jeta Nédé à genoux.

– Notre dieu Taranis, murmura-t-il, dieu du Tonnerre et de l'Orage, épargne-nous dans ta colère. Fasse que le ciel ne s'effondre pas !

Ils se serrèrent encore un peu plus les uns contre les autres dans l'entrée du dolmen, partagés entre l'envie de fuir la colère de Taranis et la crainte de déranger sous la grosse pierre les habitants de l'Autre Monde.

Alors, Sencha se mit à parler à voix basse. Lui ne pensait pas que les morts soient restés ici.

– Les âmes de nos ancêtres, murmura-t-il, sont parties dans les Iles Fortunées, sur d'immenses barques, vers le soleil couchant.

– Peut-être pas, chuchota Nédé. Ma mère dit que les âmes s'envolent sous forme de mouches, se réfugient dans la terre ou sous un dolmen, et qu'elles y restent sept ans avant de gagner le Monde de l'au-delà, le Sid, dans les Iles Fortunées.

Il s'inclina vers le sol.

– Si vous demeurez ici, âmes de nos pères, pardonnez notre intrusion.

Medb ne connaissait rien à tout cela, et elle proposa avec justesse :

– Si le dieu Taranis est allé gronder sur vos têtes et vous a poussés par ici, c'est peut-être à l'appel de vos ancêtres. Les hommes qui ont tracé ces signes dans la pierre les ont peut-être tracés pour vous !

– Ces hommes, murmura Sencha, avaient sans doute quelque chose à dire, mais leur message s'est perdu. Ce ne sont pas nos ancêtres, tu sais ! Ils étaient là bien avant les Celtes. C'est dans des temps lointains que ces signes ont été gravés dans le roc, que les pierres ont été dressées. Non, Medb, ce ne sont pas nos ancêtres. On dit que les seuls descendants de ces hommes pourraient être les Vénètes, pas nous, pas les autres peuples d'Armorique.

Quand son murmure se tut, tout le monde le regardait.

– Tu sais des choses... souffla enfin Medb.

– Normal, intervint Ordan à voix basse, il est l'élève de notre druide Fingan. Pourquoi crois-tu qu'il s'appelle Sencha ? Ce n'est pas son nom de naissance, bien sûr !

Comme Medb n'avait pas l'air de comprendre, Sencha ajouta :

– Fingan a changé mon nom pour celui-là il y a bien longtemps ; c'est le nom qu'on donne aux historiens.

Medb écarquilla les yeux.

– Alors, tu peux me raconter les Iles Fortunées ?

Sencha eut un sourire désolé.

– Je ne sais pas grand-chose, dit-il sans élever la voix. Je ne sais que l'histoire des aventuriers qui les ont recherchées. Certains y sont parvenus, mais ne sont jamais revenus, d'autres ont reparu au bout de si longtemps que la surface de la terre avait changé, et que les générations avaient passé. Le temps du Sid n'est pas le nôtre. Il est lent et doux, et on dit que dans les vergers poussent des pommes qui donnent la connaissance.

10

La pluie ne cessa qu'à l'arrivée de la nuit. Déjà, il leur semblait entendre des soupirs et des plaintes venant des pierres. Malgré la fraîcheur qui les saisit sous leur cape mouillée, ils quittèrent sans regret leur refuge et se glissèrent à travers les rochers vers la crique qui s'ouvrait en contrebas.

Ils dormirent mal, d'un sommeil agité.

Le soleil du matin chassa les ombres de la nuit. Tout était de nouveau vivant, bleu partout, et la mer ramenait lentement ses algues brunes et ses goémons rouges.

– Je vais essayer de trouver un peu de bois, dit Medb qui s'en était fait une spécialité. Ça ne sera pas facile, ici, mais nous aurions bien besoin de boire quelque chose de chaud.

Ordan s'approcha. Il semblait de meilleure humeur que la veille.

– Il faut longer la côte, expliqua-t-il. Un de mes oncles qui est venu jusqu'à la mer m'a appris ceci : ici, c'est la marée qui ramène le bois. La terre n'en a guère.

– Le bois des bateaux naufragés... précisa Sencha, mais il risque d'être trempé. Il faut que tu cherches assez haut sur la plage, Medb, là où la mer ne monte qu'aux grandes marées.

– Je vais avec elle.

Ordan avait dit cela d'un ton léger, comme s'il n'y accordait aucune importance. Avant de partir, il étala avec soin sa cape au soleil, sur le sable sec, puis fit signe à la jeune fille de le suivre.

– Tes cheveux sont très jolis quand ils brillent au soleil, Medb. Pour une esclave, tu n'es pas vilaine.

Medb jeta à Ordan un regard surpris, puis elle choisit de rire.

– Être esclave n'est pas un état, Ordan, c'est un accident du destin. Durant mes dix premières années, j'ai vécu dans ma famille, tout comme toi, que t'imagines-tu ? J'étais une enfant comme les autres !

Ordan ne répondit pas ; non bien sûr, ce n'est pas ce qu'il avait voulu dire. Et puis, il n'avait pas l'habitude de faire des compliments, il ne savait pas s'y prendre. Il avança sa large main, saisit une boucle brune et l'enroula autour de son doigt.

D'un geste sec, Medb remit aussitôt la mèche à sa place.

– Je ne vais pas te l'arracher ! protesta le garçon. Je trouve tes cheveux très doux, c'est tout !

– Tes cheveux sont très jolis quand ils brillent au soleil, Medb. Pour une esclave, tu n'es pas vilaine.

– Je ne suis plus une esclave, Ordan. Est-ce que par hasard tu ne l'aurais pas compris ?

Et Medb tourna la tête d'un mouvement brusque pour éviter la main qui s'approchait de nouveau.

– Je suis libre, tu comprends ? Et je suis libre de ne pas supporter que tu me touches !

– Tu exagères, Medb, être libre ne signifie pas se rendre invivable. On peut rester aimable, non ?

– Laisse-moi, c'est tout, reprit Medb d'un ton plus sec qu'elle ne l'aurait voulu.

– Garce ! lâcha Ordan.

Les yeux de Medb lancèrent des éclairs.

– Retire ça ! dit-elle entre ses dents.

Ordan répondit par un rictus mauvais :

– Si c'était Sencha, hein, tu l'aurais laissé faire !

Sans un mot, Medb regarda fixement le jeune homme. Ses épaules lui semblaient aujourd'hui encore plus larges et ses mains plus puissantes, tant il était crispé. Elle songea rapidement que Sencha n'aurait sûrement pas fait le même geste, en tout cas pas de la même façon, qu'il n'aurait pas dit les mêmes sottes paroles. Elle faillit crier à Ordan qu'il n'était qu'un idiot prétentieux, mais elle se contenta finalement de soupirer :

– Je t'aime bien, Ordan, mais je préfère quand tu te moques de moi.

Ordan haussa les sourcils, puis ses traits se détendirent et il se mit à rire.

– Justement, je me moquais de toi !

Il n'en était rien.

Medb se mit à rire aussi.

Elle n'en croyait pas un mot.

Ce fut tout. Ils ramassèrent quelques branches décolorées en devisant du ton le plus badin possible.

Ordan fit siffler sa fronde et envoya le caillou voler loin dans la mer. On n'entendit même pas sa chute.

– Ces galets sont extraordinaires, on dirait qu'ils ont été polis par l'océan tout exprès pour ma fronde !

– Tu es le meilleur tireur que j'aie jamais connu, admira Sencha.

Il tendit à Ordan un autre galet rond et sentit Simon lui gratter l'épaule.

– Tu as vu quelque chose ?

Ils étaient arrivés au pied d'une colline caillouteuse qui dominait la mer. En tournant la tête, on apercevait au loin une autre butte, visiblement artificielle, car elle faisait verrue sur la langue de terre toute plate. Sencha ne percevait rien d'autre qui pût accrocher le regard. Il commença d'escalader la colline de pierres et s'arrêta net :

– Nous nous trouvons sur un cairn, dit-il soudain.

Il n'en avait jamais vu auparavant, mais c'était bien ce que Fingan lui en avait dit, et l'amoncellement de pierres devait recouvrir une chambre souterraine.

Il redescendit aussitôt. Sans mot dire, la troupe contourna l'énorme dôme de cailloux de toutes tailles, cherchant des yeux le trou noir de l'entrée, avec un intérêt mêlé de crainte.

Lorsque, enfin, Sencha s'arrêta devant l'ensemble de hautes pierres surmontées d'une dalle de même taille qui ouvrait dans la montagne de cailloux un étroit couloir, ils demeurèrent un instant immobiles, à essayer de scruter l'intérieur du dôme, mais sans oser faire un pas pour s'en approcher.

Medb observait ses compagnons d'un air surpris. Non, ils ne semblaient pas vouloir entrer.

– Je vais voir, déclara-t-elle d'un ton décidé.

Elle sentit aussitôt sur son bras la main de Sencha qui l'arrêtait.

– N'y va pas, dit-il seulement.

– Mais, Sencha...

– Tu y verrais des grandes belles roches ciselées, comme dans le dolmen, enclavées dans un mur de petites pierres bien ajustées, tout au long du couloir. Au bout, tu rencontrerais une salle sombre, aux murs gravés de signes et, dans cette salle, des poteries pleines de perles de verre, des haches... et sans doute des ossements. Mais il ne faut pas déranger les morts, tu comprends ?

Medb acquiesça avec une nuance de regret dans le regard.

– C'est cela que tu avais vu, Simon ?

L'enfant s'agita et tendit avec peine sa main vers l'ouest.

– Tu as raison ! s'exclama Sencha, on dirait des maisons en planches !

Il regarda soigneusement partout, le plus loin possible. Il voyait clairement l'entrée du Golfe[1]

1. En breton (qui vient directement du celte), on l'appelle *mor bihan,* c'est-à-dire « petite mer ».

(la petite mer dont le potier leur avait parlé) et, en face d'eux, gardant l'autre côté de l'étroit goulet, une langue de terre assez semblable à celle sur laquelle ils se trouvaient. A leur gauche, l'océan s'étirait vers le royaume du soleil, tandis qu'à droite somnolait la petite mer hérissée d'îles.

– Darioritum [1] se trouve de l'autre côté du goulet, juste en face de nous, expliqua Sencha. Il faut trouver le bac qui assure le passage. Allons voir jusqu'aux maisons que Simon a aperçues.

Ce n'étaient pas des maisons de bois. C'étaient deux gros navires en construction.

L'homme ne les entendit pas venir tant il faisait de bruit, à taper sur une cheville de fer grosse comme le pouce qu'il enfonçait dans une énorme traverse de bois.

Quand il se retourna, il n'eut même pas l'air surpris de les voir là. Ses cheveux d'un brun roux étaient emmêlés par les vents de la côte, sa moustache et sa barbe se confondaient en une masse bouclée, cachant sa bouche.

– Solide ! lança-t-il avec fierté en tapant du plat de la main sur le bateau couché sur le flanc. Carène plate, proue relevée... Ne craint pas les tempêtes ! Du bon chêne de nos forêts !

– Il est magnifique ! admira Medb en caressant le bois.

– Les navires vénètes sont les meilleurs ! triompha l'homme. Et ceux qui sortent du chantier de Nertomaros sont les meilleurs des meilleurs !

1. Chef de guerre celte.

Ses yeux sourirent dans son visage basané. Ses mains fortes et brunes s'essuyèrent sur ses braies.

– Que puis-je pour vous ? s'enquit-il enfin.

– Nous voudrions trouver un passeur, dit Sencha, pour aller de l'autre côté.

– Alors, vous tombez juste : le passeur, c'est moi, le grand Nertomaros que vous avez devant vous. Que pouvez-vous me payer pour le passage ?

Les voyageurs se regardèrent. Un statère d'or serait un prix très excessif, mais ils ne voyaient pas ce qu'ils pourraient proposer d'autre.

– Une histoire, l'homme, cela te conviendrait-il ?

C'est Ordan qui avait parlé, et il vit tout de suite que son idée avait fait mouche.

– C'est un bon prix, reconnut le passeur. Tu en sais vraiment, des histoires ?

– Ce n'est pas moi, c'est lui ; il s'appelle Sencha !

Simon émit de petits cris de bonheur : lui aussi adorait entendre son frère raconter.

– Je suis d'accord, mais l'histoire sera courte, prévint Sencha, car nous sommes pressés.

L'homme frotta de nouveau ses mains sur ses braies, en plissant ses petits yeux malins.

– Ici, il ne faut pas prononcer ce mot. On ne peut pas être plus ou moins pressés : c'est la mer qui commande. On passe ou on ne passe pas et, avec la marée qui descend, croyez-moi, on ne passe pas.

– C'est interdit ? s'inquiéta Nédé.

L'homme éclata de rire.

– Interdit ? Oui, si on veut. Interdit par notre propre amour de la vie. Le courant du Golfe, bonhomme, mieux vaut le caresser dans le sens du poil, et si tu veux couper au travers, crois-moi, il te le fait payer. Alors, à la marée descendante, si tu tiens à tes os, tu restes au sec.

– Et elle descendra pendant longtemps ?

Le passeur regarda Ordan avec stupeur.

– Vous n'êtes pas d'ici, vous, hein ?

Il hocha la tête avec gaieté, et finit :

– Elle descendra... voyons...

Il fit un petit calcul dans sa tête avant de décréter :

– ... jusqu'au premier tiers de la nuit, ensuite elle remonte. On passera quand elle sera étale... milieu de matinée, ça va ?

On se mit d'accord, et la petite troupe suivit l'homme jusqu'à sa minuscule hutte écrasée par un lourd toit où le chaume était remplacé par de l'ajonc séché à de nombreux endroits.

– Je ne vis ici que lorsque j'ai beaucoup de travail, dit-il pour excuser le mauvais état des lieux, sinon, je rejoins ma femme sur notre île.

D'un côté de la porte se dressait un foyer rudimentaire constitué de trois pierres plates et, de l'autre, s'entassait en un cône énorme une invraisemblable quantité de coquilles, d'une forme tout à fait identique à celle qu'avait pris le tas.

L'homme souleva le couvercle d'un gros panier rond, et découvrit d'autres coquilles toutes pareilles mais pleines d'une masse de chair grise ou jaune. Ces drôles de bêtes, à bien y regarder, avaient même des cornes. On aurait dit des escargots qui auraient eu un pied rond.

L'homme se pencha sur le foyer tout gris de cendres pour ranimer les braises :

– Ce soir, je vous invite à manger !

– Ces petites bêtes ? s'étonna Sencha.

– On dit ici « brennig », parce qu'elles ressemblent au casque du brenn[1] ! s'exclama l'homme, ravi d'apprendre quelque chose à ce voyageur dont le menton rasé disait qu'il n'était pas n'importe qui.

Puis il ajouta d'un air gourmand :

– Pendant que je les grille, tu peux commencer à raconter.

Ils s'assirent tous autour du feu qui commençait à pétiller entre les pierres et Sencha annonça d'une voix de confidence :

– Je vais vous dire la bataille de Mag Tured, qui opposa, à l'aube du monde, les Tuatha Dé Danann aux démons Fomoires.

La nuit envahit peu à peu le monde des vivants, laissant place aux ombres mouvantes de Nuada, Lug, Bres et leurs guerriers hurlants.

1. Chef de guerre celte.

11

– Arrêtons-nous là, dit Sencha, il vaut mieux que vous n'alliez pas plus loin.

Il se sentait le cœur battant, avec l'impression d'avoir de la fièvre, mais rien ne trahissait extérieurement son inquiétude. Sa main se posa sur le bras de Medb, d'un geste presque involontaire. Elle tressaillit.

– Medb, dit-il avec douceur, je te confie Simon.

Il sourit à ses yeux noirs si chauds et si vivants, puis lui mit le petit dans les bras.

– Tu es sûr que tu n'as pas besoin de nous ? demanda Nédé.

Sencha ne répondit pas. Il fit un signe de la main et s'enfonça dans la forêt. Il n'eut pas à marcher longtemps. Il reconnut tout de suite la hutte de branchages décrite par Nertomaros. Le druide le regardait venir de ses petits yeux curieux, où se lisait un mélange d'étonnement et d'inquiétude. Sencha s'immobilisa à dix pas de l'homme, ferma les yeux et commença :

– « Ils aperçurent une nouvelle île, avec une palissade hérissée qui la partageait en deux. Il y avait beaucoup de moutons : un troupeau noir d'un côté de la palissade, et un troupeau blanc de l'autre... »

Les yeux clos, Sencha récitait ce fameux passage de la *Navigation de Mael Duin* qui devait le faire reconnaître de Tasgétios.

– C'est bon, dit enfin le druide en quittant peu à peu son air méfiant. C'est donc bien Fingan qui t'envoie.

Tasgétios était petit et rond, tellement différent de Fingan que Sencha avait du mal à croire qu'il s'agissait bien de l'homme qu'il cherchait. Certes il portait la robe traditionnelle mais, curieusement, elle n'arrivait à lui conférer aucune dignité naturelle ; on ne retrouvait rien du magnétisme qui émanait de son ami. Sa barbe et ses cheveux bruns étaient méticuleusement peignés, et son crâne révélait une tonsure déjà prononcée, bien que Tasgétios semblât relativement jeune.

– Fingan m'envoie chez vous, expliqua Sencha, mais je ne puis vous en dire la raison, car je l'ignore.

– Je la sais.

Sencha attendit, guettant les mots sur les lèvres du druide. Mais celui-ci ne semblait absolument pas décidé à en dire plus.

– Fingan est très mal, dit encore Sencha.

Comme Tasgétios ne répondait rien, se contentant de baisser la tête d'un air accablé, il s'anima un peu :

– Je vous en prie, vous êtes son ami, vous pouvez le guérir, peut-être !

Tasgétios ne quittait pas des yeux le sol qu'il fixait depuis un moment.

– Je puis, dit-il enfin d'une voix douce, tarir une fontaine ou faire jaillir l'eau d'un rocher. Je puis commander à la terre, au feu et déchaîner la tempête, mais je ne puis rien pour la vie de Fingan.

– Mais vous savez soigner ! s'écria Sencha.

– Je sais guérir les maladies de l'âme et du corps, dit Tasgétios sans élever la voix, mais Fingan n'est pas malade : il est arrivé au bout de son chemin, c'est tout.

Sencha ouvrit la bouche pour supplier encore, et puis il renonça. Il savait que Tasgétios avait raison et Fingan le savait aussi : c'est ce qu'il avait voulu lui dire en l'obligeant à partir.

– Fingan est mon ami, dit Tasgétios, et j'irai auprès de lui. Il est mon maître vénéré, et ma science n'atteint pas le bas de sa robe. J'irai, même si je sais qu'il n'est plus temps pour lui.

Sencha sentit l'envie de pleurer lui nouer la gorge. Il resta un long moment sans bouger, puis il songea à ses amis qui l'attendaient à l'orée du bois et rompit timidement le silence :

– Vous avez dit que vous saviez pourquoi Fingan m'avait envoyé ici... C'était pour vous prévenir ?

– Non... non, bien sûr ! Tu es ici pour tenter de sauver le monde druidique. Notre savoir, notre religion, notre civilisation sont menacés. Fingan a pensé que notre dernière chance était ici : seuls les Vénètes pourront rassembler les peuples d'Armorique pour lutter contre l'envahisseur. Je suis de son avis.

– Les Romains... prononça Sencha, un éclair de colère dans les yeux.

– C'est le message de Fingan. Il a eu l'intuition profonde que notre perte viendrait d'eux.

– Ainsi, les Vénètes seraient décidés à agir ? s'écria Sencha, retrouvant la vie. Croyez-vous vraiment qu'ils pourront réaliser une union de nos peuples ?

– Cela paraît difficile, je le sais : les Celtes n'ont pas leurs pareils pour se quereller et guerroyer entre eux.

– C'est ce qui a fait notre malheur, murmura Sencha en songeant à l'oppidum détruit, aux guerriers affaiblis.

– Les Vénètes ne sont en guerre contre aucune autre peuplade de notre Armorique. Ils sont reconnus par tous comme le peuple le plus puissant de la côte. Ils ont, de plus, l'expérience des rapports avec les autres nations, grâce à leur commerce maritime. C'est pourquoi ils détiennent la meilleure chance d'obtenir un accord. Ils ont compris que cela devenait urgent et que nous avions affaire à un véritable colonisateur. Disgrâce et honte sur ce peuple ennemi !

Sencha fixa un moment le druide. Une idée lui venait.

– Il faudrait... Ne faudrait-il pas... une malédiction, Tasgétios ? Pourquoi ne pas lancer une malédiction sur le chef de cette armée de sauvages, peut-être même le Glam Dicim ?

En entendant le nom de la malédiction suprême, Tasgétios prit un air embarrassé. Bien sûr, lui aussi y avait pensé, mais ce n'était pas si simple. Il avait longuement hésité, et...

– D'où tiens-tu ce nom de « Glam Dicim » ? s'inquiéta-t-il soudain.

– J'ai déjà étudié huit ans, dont cinq en l'île de Bretagne.

Le druide eut l'air vaguement rassuré.

– Et tu saurais me dire..., reprit-il d'un ton où l'on pouvait discerner plus de méfiance encore.

– « Sur un pied, récita Sencha à voix basse, avec un œil, avec une main, sur une colline, le dos à un buisson d'aubépine, tenant à la main une pierre de fronde et un rameau... » Je ne sais rien de plus.

Le druide enveloppa Sencha d'un regard plus tranquille, et enfin :

– Pour tout te dire, j'ai essayé hier au soir. Mais, au moment où j'allais terminer l'incantation et déposer mon rameau sur le pied de l'aubépine, le doute s'est immiscé dans mon esprit. Je ne me sentais plus du tout sûr de moi. Je me rendais compte que j'étais en train d'agir avec pour toute information un message d'alerte que j'avais cru recevoir de Fingan, mais si Fingan se trompait, si les Romains ne travaillaient pas à notre perte ? Tu comprends... Si j'ai tort, la terre m'engloutira. On ne peut pas lancer un Glam Dicim sur des gens qui ont volé du blé, même s'ils ont exterminé des villages. Ceci relève de la guerre, pas de l'atteinte à une civilisation !

– Je comprends... Mais admettons que Fingan ait raison... alors le Glam Dicim engloutirait nos ennemis, leurs femmes et leurs fils, leurs chevaux, leurs armes, leurs équipements et leurs chiens...

– C'est juste, soupira Tasgétios.

Il réfléchit un moment.

– J'avais décidé, ce matin justement, de partir auprès de Fingan, de le consulter. Et puis, j'ai attendu un peu... L'intuition sans doute de ton arrivée... Écoute, Sencha ! s'exclama soudain le druide. Va à Darioritum. Vois le chef des Vénètes. Puissent les dieux faire que Fingan soit toujours vivant !

Le chemin de pierres s'effaçait sous leurs pieds, se dissolvait, se dispersait en des dizaines de directions possibles, tracées sans doute par des allées et venues incessantes. On devait approcher d'une zone d'habitation.

– Oh ! Regardez ! s'exclama Nédé.

Mais aussitôt, comme en écho, une voix sèche ordonna :

– Arrêtez-vous. On ne passe pas !

Un guerrier vénète se dressa brusquement devant eux. Sur la droite, deux autres se tenaient prêts à intervenir, la lance menaçante.

Cette brusque attaque obligea les voyageurs à détourner le regard de la vision merveilleuse qu'ils venaient d'avoir, une sorte de grotte artificielle, tout en pierre, à demi dissimulée dans les arbres qui bordaient le village, luisant d'une lueur jaune et rouge. Il semblait y régner une activité fébrile.

– Qui êtes-vous, et que voulez-vous ?

Sencha ne s'effraya pas : s'il ne perdait pas son calme, s'il ne réagissait pas violemment, il ne craignait absolument rien.

– Nous sommes des Coriosolites du clan de

Dallan, de Condla et d'Azchi, menés par Mog. Nous nous rendons à l'oppidum de Darioritum pour y renconter votre chef.

– Il est interdit de passer ici !

L'explication apparut soudain lumineuse à Sencha. Nédé avait compris aussi : pour qu'on garde si bien un atelier d'où venaient des coups sourds qui rendaient un son métallique...

– C'est une forge, n'est-ce pas ? Une forge où l'on frappe de la monnaie !

– Passez votre chemin !

Le Vénète repoussa Sencha du bois de sa lance. Aussitôt, Ordan sortit son poignard.

– Arrête, Ordan, tu n'es pas fou ? Nous ne sommes pas là pour nous battre ! s'écria Sencha en reculant.

– Laissez-nous voir juste un peu ! supplia Nédé.

Deux autres guerriers s'approchèrent, venant tout droit de la forge mais, contrairement à ceux qui montaient la garde, ils n'avaient pas l'air menaçant.

– C'est toi, dit l'un d'eux à Sencha, qui veux voir notre chef ?

– C'est moi.

– Tu le connais ?

– Non. C'est notre druide Fingan qui m'envoie vers lui, et Tasgétios me l'a demandé aussi.

Au nom du druide, les deux hommes se consultèrent du regard puis, d'un même accord :

– Tu as de la chance : notre chef est précisément en visite à la forge. C'est lui qui t'a entendu parler. Suis-nous, mais seul !

– Pourquoi seul ? Mes compagnons vous paraissent-ils dangereux ? Nédé, que voici, a pour tout rêve de devenir artisan, Medb n'a pas l'allure d'un guerrier confirmé et je réponds d'Ordan. Quant à Simon, sur mon dos, il aimerait beaucoup voir une forge.

D'un geste de la main, un des gardes se fit remettre les poignards.

– Allez-y, dit-il enfin.

Il régnait dans la forge une chaleur incroyable, qui expliquait parfaitement les proportions grandioses qu'on avait données au porche d'entrée, seule voie d'aération.

Les quatre hommes qui travaillaient là étaient torse nu, la barbe rasée et les cheveux courts, vraisemblablement à cause du danger permanent que représentaient les nombreux braseros rougeoyants. Ils portaient une sorte de grand tablier de cuir attaché au cou et sur les reins.

L'un d'eux maintenait au-dessus du feu un récipient ovale, au bout d'une longue pince, tandis qu'un autre martelait des pièces rondes. C'est lui qui faisait le bruit qu'on entendait du dehors. Le troisième était en train de couler le métal dans de petits trous ronds et plats creusés dans une grande plaque. Nédé eut encore le temps de voir que, des deux enclumes de la forge, une seule était occupée : il semblait qu'on y tapait sur un morceau de bois.

Alignés le long des murs de pierre, trois autres gardes restaient immobiles, veillant sur un homme pas très grand qui, les mains dans le dos, contemplait le travail de l'artisan à l'enclume.

Il fut tout de suite clair pour tous qu'il s'agissait là du chef annoncé. D'ailleurs il se retourna au bout d'un instant et fit signe aux gardes qui encadraient les Coriosolites de baisser un peu leurs armes.

– Tu veux me parler, dis-tu ?

Le chef avait un visage fin et allongé et Sencha remarqua que, s'il avait la même taille que les artisans qui travaillaient là, il était aussi beaucoup plus petit qu'Ordan ou lui.

Fingan avait raison, il était bien possible que les Vénètes ne soient pas tout à fait de la même race qu'eux.

Sencha dit qui il était, ce qui était arrivé à son village, et qu'il venait se joindre à eux dont on lui avait vanté le courage et l'esprit d'organisation.

Puis Ordan prit la parole pour maudire les Romains, inciter à l'action, demander qu'on batte le rappel tout de suite.

Le chef le contemplait d'un œil imperturbable, ce qui fit très bonne impression à Sencha : voilà un chef, pensa-t-il, qui sait juger du premier coup d'œil à qui il a affaire. Un plus écervelé aurait pu sentir sa sensibilité chatouillée par ce manque de retenue, par le ton guerrier du discours et par les grands gestes qui l'accompagnaient. Lui restait parfaitement calme, une lueur amusée dans le regard. Il avait soupesé le braillard et opté pour l'indulgence : après tout, il n'était pas opposé à un peu de passion.

– Bien ! dit-il enfin.

Sans répondre à Ordan, il s'était tourné vers Sencha, marquant par là qu'il le considérait comme le plus important du groupe.

– Suivez-moi jusqu'à l'oppidum.

Il se dirigea vers l'immense porche de sortie ; Sencha allait lui emboîter le pas quand un garde se précipita dans la forge.

– Les Romains ! dit-il. Ils sont aux portes de l'oppidum ! Ils veulent cent cinquante sacs de blé.

– Qu'avez-vous fait ? interrogea le chef sans rien perdre de son calme.

– Nous n'avons pas ouvert. Nous avons dit qu'en l'absence de notre chef, nous ne pouvions pas donner de réponse. Comme ils n'étaient pas plus d'une dizaine avec les deux officiers, ils n'ont pas insisté. Je suis sorti par le souterrain et j'ai couru jusqu'ici.

– Hum... murmura le chef. Ils reviendront, ils reviendront avec toute une armée s'il le faut.

Puis il fit du poing un geste d'impatience et gronda :

– Si nous les tuons, c'est la guerre, et ils tueront aussi les otages qu'ils détiennent !

Il demeura un instant immobile, comme si une pensée venait de lui traverser l'esprit.

– Otages... reprit-il enfin. Il nous faut prendre leurs officiers comme otages, et nous les échangerons avec ceux des nôtres qui sont là-bas.

Il fit rapidement le compte.

– Cinq gardes à moi, plus les quatre qui veillent sur la forge, et puis moi-même... ça fait dix !

Il se tourna vers Sencha et ajouta :

– Nous aurions besoin de deux hommes de plus.

– Nous savons nous battre, s'exclama Ordan.

– Ainsi, douze contre douze... Attendez ! J'ai une meilleure idée... Oui... Dépêchons-nous, ils ne doivent pas être loin. Nous devons les prendre de vitesse.

Medb n'eut pas le temps de réagir ; elle avait déjà Simon dans les bras et Sencha courait avec les autres à travers les arbres. Machinalement, elle caressa la joue du petit, sans quitter des yeux le bois, de l'autre côté du porche.

A cet endroit de la forêt, des châtaigniers bordaient le chemin, hauts et épais, et leurs larges feuilles cachaient à la vue les branches longues et fortes.

Ordan et Sencha s'étaient portés volontaires. Allongés sur les plus solides branches, juste au-dessus du chemin, ils attendaient, retenant leur souffle.

Ordan songea un instant que la dernière fois qu'il avait pratiqué ce genre de sport, c'est sur Sencha qu'il était tombé. Comme tout avait changé depuis ! Comme tout était plus grave aujourd'hui ! Il espérait fermement que le chef vénète ne s'était pas trompé et que les officiers ne portaient pas de lance. Il n'avait nulle envie de se faire embrocher !

Non... ils n'en portaient pas. En revanche, les hommes qui les entouraient en avaient, eux, pointées vers le ciel, évidemment !

Ordan fit avec ses mains des signes à Sencha : il ne fallait pas qu'ils sautent tous les deux sur le même officier ! Ils n'avaient qu'une fraction de seconde ; ils ne devaient pas rater leur atterrissage ! Pourvu que Sencha soit aussi vif et souple qu'il l'était autrefois !... Éviter les lances, tomber juste...

Dans les fourrés, de chaque côté du chemin, les Vénètes guettaient, se partageant du geste les dix soldats.

Deux boules tombèrent du ciel. La réaction des Romains fut immédiate : ils faisaient déjà tous le geste d'abaisser leur lance pour abattre les deux hommes qui venaient de se précipiter sur leurs officiers quand une meute hurlante sortit des fossés pour les charger.

Ce fut très court. Une voix s'éleva :

– Rendez-vous ou nous tuons vos chefs !

Les deux officiers restaient immobiles, l'un le poignard d'Ordan, l'autre celui de Sencha sur la gorge.

12

– Nertomaros !

Ordan et Sencha avaient jeté leur grand racloir pour se précipiter au-devant du passeur, courant sur les battues de terre qui délimitaient les bassins des marais salants.

Medb s'arrêta de balayer le sel pour regarder les jeunes gens bondir dans le soleil.

– Toujours aussi agités, remarqua-t-elle avec un soupir en direction de Simon qui était assis à quelques pas. Sais-tu ce que je crois, Simon ?... C'est que ces deux-là sont nés pour faire la guerre.

L'enfant balança la tête de droite et de gauche.

– Tu n'es pas d'accord ?... Pas Sencha ? Boh !...

Elle tourna le dos à l'enfant et reprit son racloir.

Évidemment, Simon avait raison, Sencha n'était pas un guerrier mais, depuis cette affaire, la capture des deux officiers romains, Silius et Vélanius, on ne le voyait plus. C'est à peine s'il apparaissait tous les deux ou trois jours pour prendre des nouvelles de Simon. Il allait et venait sans cesse. Il espionnait les Romains, disait-il ! Mission importante ! Et elle, elle s'ennuyait dans les marais salants, à faire des tas de sel. Heureusement qu'il y avait Simon !

– Je sais, reconnut-elle tout haut, ce qu'il fait est indispensable. Les Romains ne sont pas loin, et s'il leur venait à l'idée de concentrer leurs troupes de ce côté-ci du Golfe, il pourrait donner l'alerte.

Elle soupira et continua :

– Et nous voilà tous transformés en paludiers[1]... pour n'être pas repérés par les espions romains, paraît-il ! Je me demande ce que je fais là !

Elle rencontra les grands yeux tristes de Simon, et soudain elle eut honte. Elle se baissa et serra le petit dans ses bras.

– Mais non, Simon, ne t'en fais pas, tu sais bien que ça, c'est mon mauvais caractère. Tu vois... c'est parce que j'ai toujours peur pour lui, tu comprends, hein ! Toi aussi, tu l'aimes beaucoup !

Elle s'assit à côté de l'enfant, puis soupira.

– Dis-moi si je me trompe : d'abord, il est parti au moins dix nuits pour alerter les Coriosolites du Nord et les Osismii, et puis il est allé jusque chez les Esuvii, au-delà de l'Armorique, et les a persuadés de prendre aussi des otages, et puis... Qu'a-t-il fait, déjà ?

Simon gonfla ses joues.

– Ah oui, Crassus, le gros chef des armées

1. Homme qui travaille dans les marais salants.

romaines d'ici. Il est allé le rencontrer, avec les autres ambassadeurs, pour représenter les Coriosolites et demander l'échange de nos otages contre leurs officiers.

Simon remarqua qu'elle disait « nos » otages, comme si elle était des leurs. Il sourit.

– Oui... dit Medb, ça te fait rire. Depuis une lune, on l'a vu partout... sauf ici !

– Pas un Romain dans les environs pour l'instant, dit Sencha. Et de ton côté, Nertomaros, quelles sont les nouvelles ?

– Ils construisent des bateaux sur la Loire. Les Namnètes sont formels. On dit qu'ils ont fait venir des rameurs de fort loin, du Sud, et engagé des pilotes chez les peuples qui leur sont soumis.

– C'est inquiétant ! dit Sencha.

– Pff... (Nertomaros eut un rire moqueur.) Si tu les voyais naviguer, tu rirais bien ! Leurs barcasses sont retournées par la moindre vague, l'océan les terrifie. Il paraît que dans le pays de sauvages d'où ils viennent, il n'y a même pas de marées ! Si !... c'est comme je vous le dis !

– Leurs bateaux sont prêts ?

– Non ! Loin de là ! En revanche, leurs armées commencent à se concentrer, par légions entières, et viennent par ici. Nous nous sommes mis d'accord avec les Namnètes et, sur leur passage, les maudits Romains ne trouvent pas le moindre ravitaillement : les paysans ont filé loin des lieux de passage avec toutes leurs bêtes et toutes leurs récoltes. Nos guerriers les harcèlent sans arrêt, leur tendent des pièges, des guets-apens. Vous pensez comme ils connaissent le terrain ! Ils font du beau travail ! Les Romains sont démoralisés, et on sait que la grogne commence à monter chez les légionnaires.

Nertomaros tendit à Sencha un sac plein de moules et de bigorneaux.

– J'ai pensé au ravitaillement, dit-il, et voilà aussi cinq pains que m'a remis un garde de notre chef... Voyez, il ne vous oublie pas !

– Et Nédé, tu l'as vu ?

– Oui... Comme un poisson dans l'eau ! Le patron de la forge est content de lui. Il paraît qu'il frappe le coin comme personne, et que ses nouveaux motifs sont superbes.

– Il frappe quoi ? s'étonna Ordan. Un coin ?

– Un coin.

Nertomaros s'amusa de l'expression de doute qu'avait prise le visage d'Ordan. Il fit un peu durer le plaisir avant d'ajouter :

– C'est le cylindre sur lequel on grave les dessins, tu vois, et qu'on frappe ensuite sur la pièce chaude pour l'imprimer en relief !

Il omit soigneusement de préciser qu'il venait juste d'apprendre la chose de la bouche de Nédé et conclut :

– En attendant... le chef vous demande d'ouvrir l'œil. Il semblerait que le grand commandant des armées, un nommé César, se dirige vers l'Armorique. Veillez bien !

Le passeur s'éloigna vers son chantier. Il allait changer de rôle, et vite ! Un travail considérable l'attendait : si les Romains fabriquaient des bateaux, c'est que les Vénètes auraient à se servir des leurs. Il fallait que tout soit prêt. Il allait passer en revue la flotte entière, revoir le calfatage – il ne s'agissait pas qu'au milieu d'un combat, un navire ait une voie d'eau ! Il songea aussi qu'il serait prudent de prévoir un bon stock d'algues pour colmater une brèche éventuelle. Il allait montrer de quoi il était capable, ce que valaient ses navires ! Quand le vent gonflerait la grande voile de peau, les Romains auraient l'air ridicules, avec leurs pauvres petites rames !

Nertomaros se réjouit à cette pensée, et se mit à rire tout seul en saisissant son marteau.

– Le paludier, on ne le voit jamais ! grogna Ordan qui supportait mal d'être transformé en travailleur manuel.

– Le paludier est le bras droit du chef vénète, et actuellement il a mieux à faire...

– Et moi, je n'ai pas mieux à faire ? Je suis un guerrier, figurez-vous, pas un esclave !

– Si un esclave, ironisa Medb, se permettait d'en faire aussi peu que toi, il aurait depuis longtemps été éliminé : tué ou revendu pour une misère !

– Je ne vois pas pourquoi je me fatiguerais ! J'en fais bien assez pour donner le change et que d'éventuels espions romains me prennent pour un simple gratteur de sel.

Medb fit une petite grimace.

– Imagine que là, maintenant, depuis le petit bois de derrière, un espion surveille. Que voit-il ? Un grand escogriffe plein de muscles qui ne lui servent à rien, allongé sur le flanc devant des tranchées rouges de braises. Entretient-il le feu ? Non. Est-il en train de nettoyer les grilles de terre qui le recouvrent ? Non plus. Peut-être alors pose-t-il les augets[1] dans les trous des grilles ? Pas davantage. Rince-t-il le sel à l'eau claire ? Non. Le verse-t-il dans les augets ?

– Ça suffit, Medb. Pourquoi cherches-tu toujours à m'agacer ?

– Medb n'a pas tort, dit Sencha. Si quelqu'un t'observe en ce moment, il ne pourra que trouver la situation bizarre. Attends ! Ne t'énerve pas pour rien ! Je m'explique. Bien sûr, il peut penser qu'en l'absence de ton maître, tu en profites pour te reposer mais, tout de même, cela attirera son regard, tu comprends ? Et il ne faut absolument pas attirer le regard. Tu sais ce qu'est un espion : son rôle est de remarquer tout ce qui sort de l'ordinaire et, toi, tu sors de l'ordinaire.

– Sencha... commença Ordan d'un ton menaçant.

Medb lui posa la main sur l'épaule.

– Ordan, personne ne met en doute ta valeur de guerrier.

Elle eut un sourire désarmant et une étincelle pétilla dans son regard.

– Personne ne met non plus en doute ta capacité à faire la mauvaise tête.

Ordan hésita un moment entre la colère et le rire, et finit par opter pour ce dernier.

– Bon... d'accord. Excuse-moi, Sencha, je reconnais que c'est toi qui as raison...

Il faillit dire aussi qu'il lui reconnaissait le rôle

1. Petite auge.

de chef, mais ses yeux tombèrent sur Medb et il laissa sa phrase en suspens.

– Vous allez voir l'homme au travail ! ajouta-t-il.

Il s'inclina vers la grille où le sel avait fini de sécher et, à mains nues, saisit une à une les petites auges de terre cuite encore brûlantes pour en vider le contenu dans un grand tonneau de bois.

Medb faillit lui dire qu'il n'était pas vraiment utile qu'il se brûle pour les épater tous, mais elle retint sa langue et cela se transforma en un simple : « Quel homme ! » dans lequel elle ne put s'empêcher de mettre toute l'ironie du monde.

Ordan eut le bon goût d'en sourire. Savoir se moquer de soi-même est le début de la sagesse. Il fit un pas vers Medb et, du bout de l'index, souleva légèrement le large collier plat qu'elle portait au cou.

– Toi, un jour, tu me le paieras !

Son ton n'était pas menaçant, mais plutôt taquin.

Pourtant Medb avait fait un bond en arrière et son visage avait pâli, tandis que l'étonnement se peignait sur les traits d'Ordan.

– Je ne voulais pas t'étrangler, observa-t-il enfin d'un air qu'il tentait de rendre narquois.

Sencha remarqua que la jeune fille appuyait nerveusement sa main à plat sur son collier. Elle essaya de rire.

– Tes mouvements brusques me prennent toujours au dépourvu.

Elle évitait de regarder Sencha, mais elle rencontra les yeux étonnés de Simon. Alors, elle lui sourit gentiment.

– Tu viens, bonhomme, dit-elle en le soulevant dans ses bras. On va chercher du pourpier pour le repas !

Ils s'éloignèrent tous les deux vers la mer.

– Cette fille a quelque chose de pas normal ! lança Ordan de sa voix des mauvais jours.

– Elle a été esclave, et tu sais comme moi qu'elle n'a pas un caractère à supporter cette situation. A mon avis... elle a dû être battue.

– Ça ne m'étonnerait pas ! s'exclama Ordan. Moi, si j'étais son maître, il y a bien des jours où je lui donnerais des claques !

Sencha sourit.

– Je veux dire que c'est sans doute pour cela qu'elle réagit au moindre mouvement qu'on fait vers elle.

En lui-même, il songea soudain que ce n'était peut-être pas la seule raison, mais il n'était sûr de rien.

– Elle sait bien qu'elle n'a rien à craindre de nous, tout de même ! grogna encore Ordan.

Il tourna le dos et donna un coup de pied dans un tas de sel.

– Et puis j'en ai marre. Marre ! Tu la défends toujours. C'est une peste, c'est tout ce que c'est ! Et toi... toujours aimable. Forcément, hein : à toi elle ne dit jamais de méchanceté. Le beau Sencha, le sage Sencha, le chef !

Il avait mis dans ces mots tout le mépris possible. Les dents serrées, il lâcha encore :

– Des claques, il lui faudrait des claques ! Et toi, que crois-tu être ? Tu te prends au sérieux, hein ! Le plus raisonnable ! Le plus fort ! Le plus intelligent, hein !

Sencha saisit brutalement le poignet d'Ordan. Ses yeux lançaient des éclairs.

– Tu vas trop loin, Ordan. Tu cherches la bagarre, ou quoi ?

Ordan balança son poing qui atteignit Sencha au menton et l'envoya rouler dans l'eau tiède.

– Arrête ! s'écria Nédé en s'accrochant au bras d'Ordan, tu deviens fou, non ? Tu es malade !

Ordan fixa sur lui un œil furieux, puis ses traits se détendirent peu à peu. Le coup de poing lui avait remis les idées en place. Une moue de dégoût lui tordit la bouche.

– Je ne suis qu'un imbécile, fit-il enfin en grimaçant un sourire vers Sencha qui se relevait, le regard noir. Tu as raison, ce serait idiot de se battre.

– Je n'ai pas dit cela ! fulmina Sencha. Et j'ai au contraire bien envie de me battre.

Ordan n'avait jamais vu à Sencha un visage si furieux. On sentait que chez lui la raison était en train de lutter contre l'emportement.

– Excuse-moi, dit Ordan. Là... je te fais des excuses, je ne pensais pas ce que j'ai dit... D'ailleurs tu le sais bien, quand je suis en colère, je dis exactement le contraire de ce que je pense.

Sencha jeta rageusement dans l'eau le caillou qu'il avait ramassé sans même y songer au plus fort de la colère. Il le regarda s'engloutir, puis se passa les doigts dans les cheveux, les rejetant en arrière.

Sans doute... seule la colère d'Ordan contre Medb était cause de ses insultes... Sans doute, il devait lui pardonner, raisonnablement. Et pourtant, Sencha se sentait encore bouillir. Bon sang ! répondre au coup de poing l'aurait bien soulagé... Mais maintenant... Non vraiment, il ne pouvait plus. Ses mains étaient encore crispées. Il sentit qu'il lui faudrait un bon moment avant de ne plus en vouloir à son ami.

13

– Le César est furieux !

Ordan se refusait à dire simplement le nom du chef romain et ne pouvait s'empêcher de le banaliser en lui adjoignant un article méprisant.

– Que s'est-il passé ? interrogea Medb.

Elle regardait tour à tour les deux garçons qui venaient d'arriver. Ils étaient encore à moitié débraillés par leur course à travers bois, avec dans les yeux la lueur d'excitation qui accompagnait toujours chez eux les périodes exaltantes d'activité intense.

– Les places fortes des Vénètes sont superbes, expliqua Sencha.

– Il faudrait que tu voies ça, Medb ! ajouta son compagnon. Elles sont toutes situées sur des promontoires et, à marée haute, les chemins qui y mènent sont coupés par la mer : impossible pour l'ennemi d'y amener des machines de guerre... Alors les Romains ont essayé d'accoster en bateau. Ouaïe ! ils se sont plantés sur les rochers.

– Ceux qui ont évité les écueils, continua Sencha, n'ont pas eu le temps d'assaillir la cité : la mer s'est retirée, et tous les bateaux se sont échoués.

– On a bien ri, s'exclama Ordan. Et ce matin, il y avait une nouveauté. Il semble que le César ait décidé d'attaquer par la terre : il a une frousse bleue de la mer, et le fait qu'elle monte et qu'elle descend le rend fou. Sais-tu ce qu'il est en train de faire, le César ?... Il construit des digues, oui ! des digues pour contenir la mer.

– Si on considère, dit Sencha, qu'il ne peut travailler qu'à marée basse, et seulement aux marées basses qui se produisent de jour, il en a pour un moment avant d'avoir amené ses terrassements jusqu'à la hauteur des murs de fortification !

– Mais, s'inquiéta Medb... quand ils auront réussi ?

Ordan se mit à rire.

– Tu ne sais pas qui sont les Vénètes ! Ils connaissent la côte dans ses moindres recoins, chaque crique, chaque port, chaque rocher. Quand ils verront que les Romains sont proches de réussir, ils rassembleront leurs navires à la marée haute de la nuit, embarqueront avec toutes les provisions et changeront de cité, et il faudra encore une lune au César pour arriver jusqu'à eux.

Simon écoutait passionnément.

– Alors, les Vénètes mettront le cap sur une autre place forte, et tout recommencera, finit Ordan.

Medb considéra l'un après l'autre les deux jeunes gens.

– Jusqu'à quand... ?

– Qu'est-ce que tu veux dire ? s'inquiéta Ordan.

Sencha regarda Medb. Son air devint grave et il hocha la tête longuement avant de reconnaître :

– Elle a raison. C'est une histoire qui semble sans fin, et les hommes n'y résisteront pas, ni d'un côté ni de l'autre. Espérons que les Romains se lasseront et partiront, mais d'après ce qu'on dit de César, il n'aime pas s'avouer vaincu. Ses hommes sont là pour faire la guerre, et ils harcèleront les nôtres sans cesse. Et puis... les Vénètes se fatigueront aussi de ce jeu, et viendra un jour où ils voudront en finir, franchement. Alors, ils sortiront leurs navires, et là, nous risquons d'avoir une belle bagarre...

– Nertomaros, passe-nous vite !

– La marée descend, Sencha...

– Tant pis pour la marée, nous ne pouvons pas rester là ! Les Romains envahissent la presqu'île, et je pense que César est à leur tête.

Nertomaros détacha rapidement le bac du pieu où il était amarré sans rien perdre de ce que disait Sencha.

– J'étais de surveillance sur le cairn, j'ai aperçu les bateaux et, tout de suite après, j'ai vu les armées. Des milliers d'hommes ! Ils se sont arrêtés au pied de la butte aux tombeaux [1] et des soldats y sont grimpés. Ils déploient un certain apparat, et j'ai juste eu le temps de voir qu'ils

1. On appelle ce tumulus de la presqu'île de Rhuys « la butte de César ».

montaient une grande tente assez luxueuse ; c'est pourquoi je pense que César est parmi eux.

– Embarquez vite ! Si César est là, sa garde passera au crible toute la presqu'île. Les Romains ne peuvent se permettre de laisser en vie quiconque pourrait présenter un danger pour leur chef. De loin, vous pouvez faire illusion mais, de près, personne ne croira que vous êtes réellement paludiers. Poussez avec les rames, j'aimerais autant être de l'autre côté avant la nuit.

On n'entendit plus un mot, que les souffles précipités, alternant avec le clapotement sourd des rames plongeant toutes ensemble dans la mer. Le soleil couchant était encore très chaud malgré l'heure tardive. La voile avait été abattue : on ne pouvait pas à la fois s'occuper d'elle et du courant.

Quand la mer commença à résister aux rames, on se mit à genoux au fond de la barque, Nertomaros et Medb d'un côté, Ordan et Sencha de l'autre. Simon, assis le dos à la proue, ne bougeait pas.

Le clapotis se fit plus dur, éclaboussant le bateau, soulevant des gerbes autour des rames. Arc-boutées, les quatre ombres luttaient à la force des bras contre un courant malin qui faisait bondir la barque.

De toute son énergie, Nertomaros empêchait le bateau de piquer vers la pleine mer. Le bateau tangua, se cabra.

– Lâchez tout !

Les rames sortirent de l'eau, l'embarcation eut encore quelques sursauts, puis se calma. Ils s'étaient un peu éloignés de la côte, mais la barque ne s'était pas retournée.

– C'est bon, dit le passeur, maintenant, ramez vers la terre. C'est l'extrême bord du courant qui nous a écartés de la route. Ramez dur cinq ou six brasses et nous en serons sortis. On va aborder sur la grande plage, derrière Darioritum. On traversera ensuite la presqu'île : les bateaux sont au mouillage de l'autre côté, dans le Golfe. Il faut donner l'alerte au plus vite, profiter de la grande marée de demain. Nous leur tomberons dessus.

La nuit était chaude et lourde, les mouches se collaient à la figure comme si elles cherchaient à s'abreuver de sueur.

Ils se baignèrent entre les gros vaisseaux qui guettaient, attendant le jour. A bord, on entendait les rires et les quolibets. Les Romains, on n'en ferait qu'une bouchée, c'était tellement évident, tellement facile ! Les lourds navires écraseraient les barques légères. On les aurait rien qu'en manœuvrant comme seul un Vénète savait le faire. Tiens ! On ne s'encombrerait même pas d'armes ; ce serait prendre trop au sérieux ces marins d'eau douce... Et puis, à quoi cela servirait-il, puisque jamais les Romains ne pourraient s'approcher ?

Sencha attacha confortablement Simon sur le dos de Medb et vérifia que le tissu était bien noué.

– Ça ira ? demanda-t-il à mi-voix, en enveloppant la jeune fille d'un regard plein de chaleur.

– Ne t'inquiète pas.

Le ciel s'éclaira pâlement à l'est, là où était tapi l'ennemi.

– Il faut partir, dit Sencha. Fais bien ce que je t'ai dit : tu vas à la forge, et tu y restes jusqu'à ce que je vienne vous chercher, Simon et toi. Tu expliqueras à Nédé.

Il passa la main dans les cheveux de son frère et lui sourit affectueusement.

– Et toi, veille bien sur elle !

Medb eut un regard douloureux pour l'énorme armée de bateaux attendant, flanc à flanc, de bondir. Les mâts nus se balançaient doucement dans la nuit finissante.

– Prends bien garde à toi, dit-elle enfin.

Elle sembla vouloir ajouter quelque chose, puis y renonça, tourna le dos, et s'enfonça dans la faible lueur du début de ce jour.

– Dépêche-toi, Sencha ! s'impatienta Ordan. On va lever l'ancre !

On entendit aussitôt, dans un énorme grincement, les premiers navires remonter leur lourde chaîne. Les grandes voiles carrées, toutes de cuir, se hissèrent sur les mâts, hésitant un moment avant de prendre le vent.

La marée était presque haute ; il n'y avait pas une minute à perdre si l'on voulait sortir à temps tous les vaisseaux du Golfe.

Au sommet du tumulus, César demeurait immobile. Il avait déjà compté plus de deux cents navires, et d'autres se présentaient encore à la sortie du Golfe, dans une file interminable. Ils glissaient sur l'eau comme si la mer leur appartenait, en un mouvement à la fois souple et puissant. Un par un, ils remontaient vers l'ouest et se rangeaient dans la vaste baie, le dos à la presqu'île qui barrait l'océan.

Il n'y avait pas une rumeur dans le camp romain. Les légionnaires restaient muets, impressionnés par ce lever de soleil hors du commun, une image que jamais de leur vie ils n'oublieraient.

Et César eut la révélation soudaine que les longues faux dont il avait équipé ses embarcations et qui devaient servir à couper les cordages des navires vénètes et détruire ainsi leur voilure ne serviraient à rien : poussés par le vent, les énormes vaisseaux fileraient sur la mer sans qu'on puisse les attraper, ou fonceraient sur les barques romaines et les écraseraient.

Qu'allait faire Brutus, le chef de la flotte ?... Après tout, à lui de prendre ses responsabilités. César se sentit soulagé de n'avoir pas à décider.

Embarqué sur cette mer mouvante, Brutus restait sans réaction.

A la vue du premier navire vénète, il avait fait monter ses hommes dans les barques légères, mais maintenant qu'il s'était aperçu de la facilité avec laquelle ces gros bateaux se déplaçaient, ne semblant redouter ni vagues ni récifs, il ne savait plus que faire.

Il aurait donné beaucoup pour que César soit à ses côtés et prenne la décision du combat. Il était évident que l'ordre premier d'attaquer n'imaginait pas une telle quantité de navires, et d'une telle force.

Brutus ne savait à quoi se résoudre. Il sentait la terreur se répandre chez ses hommes et il aurait bien ordonné lui-même un repli immédiat s'il n'avait eu peur de la réaction de César. Il savait fort bien que, s'il était vaincu, il en aurait le déshonneur, alors que, vainqueur, c'est à son chef qu'il apporterait la gloire.

Il lui semblait maintenant qu'il ne sortait plus de navires du Golfe. Ils étaient rangés là-bas comme des loups guettant leur proie et, soudain, dans un effrayant mouvement d'ensemble, ils piquèrent vers l'est, vers eux, vers leurs petits esquifs ridicules !

Brutus ne put donner le moindre ordre. La panique avait gagné ses hommes et ils se jetaient à l'eau pour rejoindre la rive en toute hâte. Brutus sentit qu'ils étaient dans le vrai ; jamais il n'aurait dû s'imaginer pouvoir combattre ces diables de Vénètes sur la mer !

Et puis, soudain, tout bascula. Les lourds navires semblaient s'être immobilisés, incompréhensiblement.

Sur les navires, le silence était tombé.

– Le vent, dit quelqu'un. Le vent ne souffle plus !

La voile de peau s'agita lourdement d'avant en arrière, dans un dernier sursaut, avant de s'immobiliser contre le mât, laissant les hommes ahuris, comme si on leur avait coupé les jambes en pleine course vers la victoire.

Chacun examinait le ciel, la mer, la voile... Les dieux n'allaient pas, ainsi, les abandonner !

On attendit un peu, l'espoir au cœur, l'espoir qu'il ne s'agissait que d'un petit amusement des dieux des vents, destiné à les effrayer un moment, un clin d'œil, l'espoir que cette mauvaise plaisanterie allait finir tout de suite. Mais tout demeura figé. La voile pendait, la mer s'aplanissait, devenait peu à peu aussi lisse qu'un miroir, renvoyant comme une menace les rayons du soleil. Tous les visages s'étaient levés vers le ciel.

– Ils arrivent ! cria une voix.

Un murmure parcourut les lourds vaisseaux : là-bas, en face d'eux, les Romains semblaient avoir repris confiance. Ils étaient remontés sur les barques et ramaient ferme, se rapprochant des navires inertes.

Instinctivement, les hommes portèrent aussitôt la main à la ceinture pour s'assurer... Les visages pâlirent : on n'avait pas pris d'armes, ni fronde ni épée. Quelques-uns seulement avaient un poignard, mais qui ne pouvait guère servir que dans le corps à corps. Personne n'aurait pu imaginer pareille trahison du vent !

Les barques romaines progressaient très vite sur une mer d'huile. Leur légèreté était soudain devenue un atout. Elles filaient, glissaient entre les lourdes coques immobiles. Les poings. Il ne restait que les poings pour se battre contre les lances, les épées, les faux.

– Mettez-vous à l'abri !

Sencha retransmit l'ordre qui venait du navire des chefs.

– Il faut attendre, ajouta-t-il ; de loin nous ne pouvons rien.

Il songeait aux paroles de Fingan. Combien aujourd'hui il avait raison ! Les peuples d'Armorique étaient bien aussi téméraires et fanfarons qu'il l'avait dit. Vaillants, courageux... et capables de gâcher des mois de calculs et de savante organisation par simple forfanterie. Pas d'armes ! Ils n'avaient pas d'armes ! Tellement sûrs de leur force et de leur droit, tellement confiants en leurs beaux vaisseaux... qui écraseraient les barcasses romaines. Et puis, voilà il n'y avait plus de vent...

Un guerrier se releva, à deux pas de lui, et s'effondra aussitôt, une lance dans la poitrine.

Chacun se fit plus petit à l'abri des flancs de bois, l'oreille aux aguets. On n'entendait plus que le claquement des rames ennemies. C'était comme un cauchemar. La mer silencieuse... Jamais ils ne l'avaient connue ainsi. Une mer étrangère, traîtresse, qui faisait un tapis à ces marins de pacotille ! C'était à hurler !

Un frottement, quelques coups sourds. Au-dessus de la tête des guerriers apparurent de grandes faux qui coupaient les cordages pour empêcher définitivement les bateaux de repartir.

– Maintenant ! cria Sencha.

Ils bondirent tous ensemble, s'agrippant au manche des faux, tentant de retourner l'arme contre l'ennemi, frappant de leurs poings ; mais derrière, devant, sur le côté, les Romains arrivaient de partout, à dix barques contre un navire.

Les faux et les lances avaient dansé leur ballet de mort avant que l'ennemi soit assez près pour qu'on ait une chance de le combattre au poignard. La bataille fut horrible. Quand le navire prit feu, ils n'étaient plus que trois hommes. Ils sautèrent à la mer. L'un d'eux s'enfonça aussitôt sous les flots, les deux autres nagèrent de toute la force de leurs bras vers le rivage.

Au loin, des flammes s'élevaient sur tout l'horizon, et la côte résonnait des craquements effrayants de l'agonie des derniers navires.

14

– Oh ! Sencha ! Qu'est-il arrivé ?

Tous les deux, Ordan et lui, trempés, couverts de sang, ô dieux !

– Ce n'est rien, souffla Sencha. La tête saigne beaucoup, mais ce n'est pas grave.

Il serra Medb dans ses bras un court instant, avant de se tourner vers son ami.

– Il faut soigner Ordan, son bras est très touché.

Puis il ferma les yeux et passa sa main sur son front.

– C'était terrible, murmura-t-il, terrible !

Des épées contre des mains nues, des hommes qui s'effondraient. Tout ce sang. Un massacre.

Il lisait dans les yeux d'Ordan la même stupeur que dans les siens, l'effroi, le désarroi, la colère de se sentir impuissant.

Pendant un long moment, ils restèrent prostrés, sans avoir conscience des lieux ni du temps. L'œil fixe, Ordan semblait contempler Medb qui le soignait, mais il ne la voyait pas. Il ne voyait rien que les faux qui tranchaient les cordages, que les lances qui dansaient.

Il ne réagit pas quand Nédé l'entraîna vers la forge pour faire sécher ses vêtements à la chaleur des feux.

Distraitement, Sencha caressait la tête de Simon posée sur son genou. C'était à cause du vent. Tout était la faute du vent. Les dieux les avaient abandonnés. Tasgétios ! Pourquoi était-il absent ? Il avait bien mal choisi son moment pour aller consulter l'assemblée des druides d'Armorique ! Lui seul aurait pu lever la tempête et alors les barques se seraient englouties dans les flots.

Sencha porta la main à son cou : le torque d'or était toujours là.

– Tu ne l'as pas perdu, souffla Medb qui lavait avec douceur le sang de son front.

Sencha demeura muet un long moment, puis il dit d'une voix pleine de tristesse :

– Il est le symbole de la grandeur des Celtes. Il est venu jusqu'à moi depuis la nuit des temps, il a vu se succéder des générations et des générations mais, aujourd'hui, nous avons perdu la seule chance qui nous restait de sauver notre civilisation. Les chefs sont morts ou enchaînés, le peuple est en déroute. Maintenant, qu'est-ce qui pourrait empêcher les Romains de nous asservir ? Je comprends ce que voulait dire Fingan lorsqu'il s'inquiétait de la menace qui pesait sur le monde druidique.

Peu à peu, à travers les mots, la conscience revenait à Sencha.

Un bruit de branches... Un homme s'effondra à la porte de la forge. Nédé le reconnut aussitôt : c'était un des fondeurs de monnaie.

– Fuyez ! dit-il d'une voix entrecoupée. Fuyez ! Les Romains recherchent les survivants. Ils ont déjà exécuté tous les chefs, tous ! Les ordres qui viennent d'être donnés aux soldats, je les ai entendus : capturer tout ce qui bouge, conserver en vie hommes, femmes et enfants qui peuvent être vendus comme esclaves, couper le poignet droit aux autres.

L'homme se releva et, en titubant, pénétra dans la forge. Il avait du mal à se tenir debout, mais il détacha un sac de chanvre qui était pendu au mur et commença à y entasser la totalité des pièces, finies ou non, qui se trouvaient dans l'atelier.

– Dégage le trou ! souffla-t-il à Nédé.

A genoux, le garçon gratta la terre de ses mains. La terre était souple car on la remuait souvent pour tenir le trou toujours prêt. On y enfouit le sac. On tassa le sol par-dessus.

– Filons ! dit l'homme.

Il s'effondra dans l'entrée de la forge. Il était mort.

Sencha hissa Simon sur son dos. Ils s'enfoncèrent dans le bois.

Ils fuyaient maintenant à travers les arbres, Ordan en tête, puis Nédé, Medb, et enfin Sencha portant Simon.

Au loin, on entendait des clameurs, les soldats romains sans doute, qui saluaient la mort des chefs.

Ils ne s'arrêtèrent qu'à la nuit, et ne comprirent qu'à ce moment-là qu'ils étaient exténués. Où étaient-ils ? Ils n'en avaient aucune idée. D'abord, ils étaient partis en direction de l'est, vers le territoire des Namnètes, mais ils avaient tout de suite failli tomber sur une patrouille romaine, et s'étaient vite rendu compte que le pays était infesté d'ennemis.

Alors ils étaient remontés vers la forêt de Brocéliande. Les arbres seraient pour eux la meilleure des protections. Ils la traverseraient vers l'ouest, jusqu'au pays des Osismii que les Romains n'avaient sans doute pas pu atteindre.

Ils ne s'arrêtaient qu'un instant pour s'abreuver à une fontaine, et repartaient tout aussitôt.

Ce n'est qu'au soir qu'ils mesurèrent enfin leur propre épuisement, en entendant une voix grave prononcer :

– Il ne faut jamais aller jusqu'au bout de ses forces.

Sous le couvert de la forêt un homme très grand et large comme un chêne centenaire les regardait passer, appuyé sur sa hache. Il reprit :

– Si on se sent le besoin d'aller jusqu'au bout de ses forces, c'est qu'on est en danger. Si on est en danger, il y a fort à parier qu'à un moment ou à un autre on aura besoin de ces mêmes forces...

Sencha reconnut que l'homme parlait juste, et cela lui donna enfin un regard objectif sur leur douloureuse équipée.

– Mangez, dit l'homme, et puis vous me raconterez.

C'est vrai qu'ils avaient faim. Cette pensée, qui

ne les avait pas effleurés, de toute la journée leur fut une révélation.

– Les Romains ? interrogea l'homme.

Sencha fit un signe de tête, sans cesser de manger.

– On dit qu'ils remontent par ici. Ils cherchent les fuyards, tous ceux qui ont pu participer à la bataille des Vénètes.

– Vous en êtes sûrs ?

– Ce sont des bruits qui courent.

Sencha se leva avec lenteur, et les autres l'imitèrent, malgré la fatigue de leurs jambes flageolantes et de leurs pieds douloureux.

Le plus difficile serait de faire les premiers pas.

– Merci, dit-il. Il nous faut repartir.

– Vous êtes épuisés, et puis voilà la nuit...

– Nous n'irons pas loin, expliqua Sencha, mais je vais vous dire ce que m'a appris mon maître Fingan, druide des Coriosolites, ce que m'ont rappelé mes enseignants, les druides de l'île de Bretagne :

« N'entre pas dans une grotte à une seule issue

Ni dans une île séparée de la terre par un seul chenal

Ne mange pas où tu as fait la cuisine

Ne dors pas où tu as mangé

N'attends pas le matin pour quitter l'endroit où tu as dormi. »

– Il a raison, reconnut Ordan, il faut nous éloigner des traces de ce feu.

– Je vais vous montrer un endroit sûr, pas très loin d'ici, proposa le bûcheron. Si la jeune fille veut que je la porte...

Ils étaient remontés vers la forêt de Brocéliande.
Les arbres seraient pour eux la meilleure
des protections.

Medb sursauta.

– Pourquoi donc ?

– Vous ne tenez plus sur vos jambes, ça se voit au premier coup d'œil !

– Les autres non plus ! répliqua Medb d'un ton sec.

– Les autres sont plus solides !

– Qu'en savez-vous ? Nous sommes tous épuisés. Comment évaluer qui l'est plus, qui l'est moins ?

– Vous n'aurez pas le dernier mot avec elle, fit remarquer Ordan. Ne faites pas attention... c'est sa fichue susceptibilité !

Il grimaça de douleur et soutint son bras blessé.

– Ça te fait mal ? s'inquiéta Medb. Je vais refaire ton pansement.

Ordan essaya de sourire et conclut :

– Mis à part ça, c'est une bonne infirmière.

La clairière était chaude et moussue, protégée des regards par un cercle épais de hautes fougères. Ils s'étaient assis là, pour une dernière étape, et leurs membres fatigués refuseraient maintenant de se remettre en mouvement.

– S'ils viennent par ici, c'est tant mieux, lâcha Ordan.

Sa phrase n'éleva aucun écho, chacun suivant le cours de ses pensées, jusqu'à ce que Nédé demande :

– Pourquoi ? Tu as tellement envie de te battre ?

– Envie de me battre, envie de les affronter à armes égales ! dit Ordan entre ses dents... Toi, évidemment... tu n'as aucun sens de l'honneur... Je parie que la seule chose que tu regrettes, c'est ta forge !

– Exactement ! Je regrette la forge et, dès que tout sera de nouveau calme, j'y retournerai.

Sencha posa la main sur le genou de son ami, pour le dissuader de répliquer. Mais il fallait qu'Ordan passe sa rage sur quelqu'un.

– Tout ce qui est arrivé ne t'a pas donné envie de prendre les armes ?

– Toi, au contraire, ça te plaît, n'est-ce pas ? contre-attaqua Nédé. Aujourd'hui pour défendre ton territoire, demain pour l'agrandir...

Il s'arrêta un moment de parler, puis son regard s'éclaira d'une nouvelle lueur.

– J'ai une idée, dit-il, tout n'est peut-être pas perdu et je vous serais fort utile. Puisque les Romains grignotent peu à peu l'Armorique, l'endroit où nous pourrons les attendre... Qu'est-ce que tu en penses, Sencha ?

– Le grand oppidum [1] de l'Ouest... ! Oui... c'est ça. Tu as raison ! Tu y fabriqueras les armes qu'il faudra.

Il réfléchit encore, avant de continuer :

– Bien sûr, tous les fuyards vont essayer de gagner cette place forte, et c'est là que nous pourrons le mieux organiser la résistance.

– Le grand oppidum ?... interrogea Medb.

– C'est à trois jours d'ici, chez les Osismii. Une superbe ville fortifiée. Un vrai camp retranché. C'est du moins ce qu'on en dit jusqu'en île de Bretagne. Nous partirons demain.

1. On l'appelle aujourd'hui « le camp d'Artus ».

La nuit enveloppait tout. Ils ne parlaient plus, mais leur extrême fatigue les empêchait de s'endormir.

Soudain, lointaine et étrange, la voix de Nédé s'éleva :

« Le portier n'avait qu'un œil et, alors qu'il guettait du haut des remparts, une flèche le lui creva. Il alla trouver le meilleur médecin du pays et le supplia de remplacer son œil. Mais le médecin ne trouva qu'un œil de chat à mettre à la place de l'autre. Depuis, le portier ne dort plus car, durant la nuit, son œil s'ouvre sans cesse au cri des souris, au vol des oiseaux, au bruit des roseaux. »

Sencha regardait les étoiles tout là-haut. Le silence était retombé sur le camp. Il entendait le souffle de Medb à ses côtés. Il songea à tous les siens, à tous ceux qui étaient morts au village, à tous ceux qui avaient péri sur la mer, à tous ses ancêtres qui lui avaient transmis le torque d'or. Non. Ils ne pouvaient plus continuer à fuir. Il ne fallait pas se laisser aller au désespoir. Ils étaient assez loin maintenant pour ne pas risquer de se heurter à des armées entières, et il se sentait capable d'affronter les patrouilles romaines.

Voilà qu'il était devenu un guerrier, lui qui n'avait aucun goût pour la guerre. Voilà qu'il était devenu un chef, lui qui aimait la solitude. Voilà, il devait se montrer conciliant, fort, sage et raisonnable, et il n'était pas sûr de l'être tout à fait. Non, il ne l'était pas.

Il pensa à Medb, à son visage si fin, à ses cheveux noirs et brillants. Il avait envie de tendre la main pour les caresser. Mais Ordan aimait Medb et Ordan était son ami. Tout était trop compliqué. Non vraiment, il n'était pas raisonnable. La sagesse aurait été de se détourner de Medb, et il ne s'en sentait pas capable ; et, confusément, il se sentait heureux de n'en être pas capable. Finalement, il avait peut-être une âme de combattant !

Il sourit à la nuit. Il était trop fatigué. Il souriait, et il aurait tout aussi bien pu pleurer. « Sage », disait Ordan ?

15

Dès le lever du jour, le bûcheron les avait avertis et, tout endoloris encore de leur longue course, ils s'étaient mis au travail. Seul, Ordan avait dû se résoudre au repos et plaisantait avec Simon au sujet de son bras blessé.

Les Romains ne devraient plus tarder, maintenant. Le bûcheron les avait vus pénétrer dans la forêt par le chemin du sud et s'arrêter, pour manger un peu sans doute.

Fuir leur aurait fait horreur. Se battre, oui ! Se battre. Empêcher l'infiltration ennemie, puisque les dieux leur avaient conservé la vie.

Aussitôt, ils avaient commencé à couper les arbres en bordure du chemin. Les haches frappaient, le bois des chênes rouvres et des hêtres volait en éclats. On laissait juste au centre du tronc un faible morceau intact pour permettre à l'arbre de se tenir debout, et on cachait la coupe par des buissons et des fougères.

– Ils sont tout près. Silence ! chuchota le bûcheron.

Ils n'avaient plus le temps de couper d'autres arbres. Sencha s'éloigna un court instant pour voir si tout allait bien du côté de Simon, qu'il avait mis à l'abri un peu plus loin, puis il revint prendre son poste.

C'est à peine si on entendait les Romains approcher, en une file silencieuse, impressionnés sans doute par l'immobilité de ces sous-bois qu'on disait sacrés.

– Oh ! cria le bûcheron.

Aussitôt, chacun s'arc-bouta contre un tronc, et cinq arbres s'écrasèrent sur la patrouille.

Les épées des Celtes jaillirent. Elles tombèrent sur les survivants encore hébétés. Puis, sur un signe de Sencha, les armes rentrèrent : une autre patrouille suivait de peu la première et, pour le combat, on ne pouvait guère compter que sur le bûcheron et lui. Il valait mieux s'enfuir et préparer un autre piège.

En courant, ils s'enfoncèrent dans le bois, et Sencha réussit à reprendre son frère sur son dos au moment même où débouchait au coin du chemin un second groupe de Romains qui, alertés par le bruit, arrivaient plus vite qu'ils ne l'avaient prévu.

Les Romains avaient tout de suite repéré les fuyards. Ils hésitèrent une fraction de seconde : dans les bois, ils n'étaient pas de force contre ces sauvages... Des poignards volèrent.

Ordan s'appuya sur le tronc d'un pin et reprit son souffle en attendant les autres. Le bûcheron avait disparu dans la direction opposée, mais il apercevait Medb et Nédé qui couraient vers lui, et devinait la silhouette des deux frères entre les arbres.

– On les a eus, Simon, tu as vu ! dit Sencha.

L'enfant ne fit aucun geste, sa petite tête posée sur l'épaule de son frère.

– Simon ! appela Sencha en posant sa main sur les fins cheveux.

Il plissa un front subitement inquiet et fit glisser l'enfant devant lui.

– Simon, qu'est-ce que tu as ?

Le petit visage était encore plus pâle que d'habitude. Il souriait doucement, mais ses yeux étaient clos, et les bras de Sencha qui le serraient rencontrèrent un obstacle métallique... le manche d'un poignard.

Sencha déposa doucement l'enfant à terre, et caressa sa joue de ses doigts tremblants. Ses genoux touchèrent le sol, puis la paume de ses mains, puis son front, et il resta là, avec un grand cri dans la tête, à frapper le sol de son poing serré.

Medb avait ôté le poignard, elle avait posé sa joue sur la joue de Simon, la mouillant de ses larmes et lui disant « mon petit » tout doucement.

Maintenant, le sourire sur le mince visage blanc ne s'effacerait plus, heureux d'avoir arrêté le poignard destiné à Sencha.

L'enfant fut couché dans la terre des Celtes, et chacun mit une pierre à cet endroit.

Puis Medb glissa son bras autour de la taille de Sencha, pour l'entraîner. Il fallait continuer le chemin, malgré tout, malgré la douleur, malgré la peine.

Ils avaient marché tout le jour, presque sans rien dire, avec une déchirure au cœur.

Ordan avançait aux côtés de Sencha, écartant les branches devant lui sans même qu'il s'en aperçoive.

– Sencha ! dit-il enfin sans élever la voix, tu te rappelles ?... Il aurait voulu être réincarné sous la forme d'un cheval, un cheval blanc.

Comme son ami ne répondait pas, il ajouta :

– Je crois qu'il sera exaucé. Cette vie ne lui a pas offert tellement de joies. La prochaine ne pourra que lui être meilleure. Tu as vu comme son visage était lumineux...

Sencha eut un pâle sourire et hocha la tête lentement. Il savait. Il savait tout cela.

– Un cheval blanc ? murmura Medb en se rapprochant. C'est une idée merveilleuse !

Ordan s'arrêta pour couper une branche qui ferait un arc superbe : il faudrait tout de même bien manger, et qui chasserait, sinon lui ?

– Il a gagné la liberté qui lui avait été refusée dans cette vie, dit Medb.

Elle fit encore quelques pas avant de poursuivre :

– Je ne crois pas que j'aurai un jour cette chance.

Sencha leva pour la première fois depuis longtemps son regard sur la jeune fille qui marchait à côté de lui. Il ne voyait que son profil, mais ses yeux semblaient tristes.

– Pourquoi dis-tu cela, Medb, tu es libre, tu le sais ! Si tu veux, tu peux partir...

Ses yeux fixaient le sol. Il ajouta :

– Tu peux rester, aussi. Tu peux choisir : est-ce que ce n'est pas cela, la liberté ?

– Je me le répète tout le temps pour en être sûre. Je suis libre... je suis libre... mais dans mon cœur je suis marquée à jamais, comprends-tu ?

Sencha posa sa main sur l'épaule de la jeune fille.

– Arrête, Medb. Tu dis des sottises. Tu es ce que tu es, et non ce que tu as été !

Medb se retourna et fixa Sencha droit dans les yeux.

– Tu vois ce collier ?... Je le déteste, je le déteste ! Il est toute ma vie d'avant.

Elle se remit à marcher d'un pas rageur. Sencha la suivit lentement. Peu à peu, son esprit se remettait à fonctionner.

– Il faut que tu l'enlèves, Medb ! dit-il enfin.

– Non. Je ne veux pas.

– Parce qu'il cache une cicatrice ?

Medb s'arrêta net, l'œil stupéfait.

– Comment le sais-tu ?

Un peu de gaieté passa dans le regard de Sencha.

– Un jour, dit-il, dans les marais salants, tu t'es mise en colère parce qu'Ordan l'avait touché, et au lieu de le remettre simplement en place, tu as tenu ta main plaquée dessus, comme pour le coller à ta peau.

Medb haussa les épaules.

– Alors, tu me comprends, murmura-t-elle.

– Non, je ne te comprends pas, Medb. Si ta liberté est à ce prix, jette le collier !

Elle fit non de la tête, non, non, non !

– Ce collier m'a été donné par la femme de mon maître, après qu'elle m'eut soignée, pour me faire oublier... Le maître que j'avais à Rome, c'est lui qui m'a fait cela. J'avais douze ans. Il m'a coincée dans un couloir et il a cherché à m'embrasser. Je l'ai mordu. Il a sorti son couteau et, d'un coup sec, m'a coupée à la base du cou. La marque du maître, tu comprends !

Medb tourna le dos et, d'un mouvement de main nerveux, elle frappa les fougères. Ses yeux étaient pleins de larmes.

Alors Sencha la retint par l'épaule.

– Montre-moi, dit-il.

Il lui passa les mains autour du cou, et, avant qu'elle n'ait pu se défendre, il avait ôté le collier.

Elle le regardait effarée, le menton tremblant.

– C'est bien ce que je pensais, dit-il avec un sourire. Un trait net de couteau ne peut pas laisser une si vilaine cicatrice, surtout au bout de tant d'années !

Medb resta pétrifiée, puis, d'un mouvement brusque, elle baissa la tête, avec dans les yeux presque de la colère.

Un instant, Sencha la contempla sans rien dire. Enfin, avec douceur, il saisit le fin visage entre ses deux mains, et obligea la jeune fille à lever la tête. Medb semblait lutter contre l'envie de pleurer et celle de fuir. De son pouce, Sencha lui caressa la joue.

– Ça fait longtemps que tu n'as pas osé regarder cette marque dans un miroir, n'est-ce pas ? murmura-t-il enfin. Eh bien, sache qu'elle est très discrète et très mignonne... Rien ne peut t'enlaidir, Medb !

Les yeux de la jeune fille étaient pleins de désarroi. La voix de Sencha, si chaude, ses mains sur son visage... Elle avait du mal à respirer. Elle allait pleurer...

Lui souriait sans la quitter des yeux.

– Attends, dit-il enfin.

Il détacha de son cou le torque d'or, le tint un instant entre leurs deux visages, puis le glissa au cou de la jeune fille.

Les yeux de Medb s'emplirent de larmes. Elle posa sa tête sur l'épaule de Sencha. Il la serra doucement dans ses bras.

Ils mirent en fuite une harde de sangliers. C'est du moins l'impression qu'ils en eurent d'abord, puis deux renards passèrent en courant, sans s'occuper d'eux.

– Le feu, cria Nédé. Le feu ! Les Romains ont mis le feu à la forêt !

En prêtant l'oreille, on entendait des crépitements lointains. Puis, peu à peu, une odeur de fumée envahit les sous-bois. Le feu se répandait avec une rapidité extraordinaire. Depuis trois lunes il n'avait pas plu et le bois sec s'embrasait d'un coup.

Sencha saisit la main de Medb et se mit à courir derrière Ordan et Nédé. On sentait déjà la chaleur monter. Il fallait sortir du bois le plus vite possible, ou trouver un étang, un lac, ne serait-ce qu'une mare assez grande !

Les quatre fuyards s'arrêtèrent soudain : le feu

était maintenant partout, il semblait rouler devant, gronder derrière. Comment le gagner de vitesse ? Par où s'enfuir ? Un pin s'effondra à leurs pieds, la fumée les aveuglait, ils toussaient, leurs yeux pleuraient, la chaleur était devenue suffocante.

Sencha se retourna, cria, mais le feu vrombissait, couvrant sa voix. Il se remit à courir, ignorant totalement où il était. Il n'arrivait pas à comprendre comment il avait perdu les autres. Ils étaient tous là... et puis ils n'y étaient plus, chacun tentant d'échapper au feu, se perdant dans la fumée. Ordan blessé, Nédé paniqué, et Medb, où était-elle ?... Et si elle échappait aux flammes et qu'elle tombe entre les pattes des Romains ?

– Medb !... Medb !

Sencha s'arrêta, essayant de distinguer des formes autour de lui, mais on n'y voyait pratiquement plus. Il fallait fuir, droit devant. Réfléchir ne servirait à rien. Il avait peut-être une chance de s'en sortir, mais il ne pouvait s'en remettre qu'au hasard.

Ne pas penser. Courir. Courir contre le vent, contre le sens des flammes. Espérer. Espérer que les autres feraient la même chose.

Partout la lumière, la chaleur jaune et rouge, la fumée, les craquements, le souffle puissant des flammes s'emparant d'un coup d'un chêne centenaire. Le temps n'existait plus. Être ailleurs ! Être ailleurs ! Des cris résonnaient de partout ; les animaux pris au piège, effrayés, affolés, puis qui se résignaient en voyant voler vers eux la mort rougeoyante. Quand ils se sentaient cernés ils se roulaient en boule et fermaient les yeux.

Sans même en avoir conscience, Sencha cherchait des yeux les passages dégagés, sans buissons de ronces ou de houx : le feu à terre, c'était le plus dangereux, le feu rampant, sournois, guettant les fougères qui luttaient contre le dessèchement.

Sencha haletait de fatigue, de chaleur, de colère... Brocéliande, forêt sacrée... L'étranger, l'ennemi, avait osé y porter la mort.

Enfin, la pensée sembla lui revenir ; la conscience s'éveillait de nouveau. Il remarqua alors qu'autour de lui l'air était moins chaud. Là-bas... Était-il au bout de ce cauchemar ? Les arbres calcinés témoignaient d'un incendie ancien. Le bois avait déjà brûlé, semblait-il. Sencha s'engouffra de ce côté, et fut saisi de la révélation soudaine qu'il était tiré d'affaire. Sauvé ! Le feu ne trouverait pas de quoi s'alimenter sur un terrain qu'il avait déjà dévoré !

De ce côté du bois, il y avait peu d'arbres, rien que des buissons bas et carbonisés. Un champ d'ajoncs, vraisemblablement planté par un paysan pour son bétail. Sauvé ! Il était arrivé à la lisière de la forêt... Du moins il le supposait, sans pouvoir en être sûr avant que la fumée ne se soit dissipée. Il cria :

– Nédé !... Ordan !... Medb !

Pourvu qu'ils aient suivi la même direction que lui ! Pourvu qu'ils aient été inspirés... Qu'ils viennent par ici, bon sang, qu'ils viennent par ici !

– Nédé !... Ordan !... Medb !... Medb !

La gorge lui faisait mal. Il n'arrivait plus à appeler. Il faudrait qu'il boive un peu, qu'il mouille ses yeux gonflés.

Des ombres se profilèrent à travers les arbres. La respiration de Sencha s'arrêta... eux ! c'était eux... C'était bien eux, mais... mais ils n'étaient que deux !

– Et Medb, elle n'est pas avec vous ?

– On croyait qu'elle était avec toi !

Ils se regardaient tous trois, sans rien dire, les yeux agrandis d'inquiétude.

– Il faut aller la chercher ! cria enfin Nédé. Il faut aller...

Ordan l'agrippa aussitôt par le bras.

– Tu n'es pas fou, non ? A quoi cela servirait-il ? Tu seras brûlé et tu ne la retrouveras pas. En ce moment, elle est peut-être de l'autre côté de la forêt !

Il n'émit pas l'hypothèse qu'elle était peut-être perdue, mais cette pensée hantait l'esprit de tous. Qu'une être vivant puisse survivre longtemps dans cette fournaise...

– Et puis, ajouta Ordan, elle a le torque d'or ! Un objet tellement ancien ne peut être qu'un talisman, non ?

Il avait dit cela d'un ton indéfinissable, comme agité de sentiments contradictoires. Presque sans le vouloir, il s'était tourné vers Sencha... Mais Sencha avait disparu. Il courait maintenant à travers les arbres, droit vers le feu.

Ordan voulut crier. La fumée s'engouffra dans ses poumons. Il suffoqua, toussa, s'essuya les yeux et, les dents serrées, lâcha un juron.

16

– « Ne présente jamais ton côté gauche à une ville », murmura Sencha comme pour lui-même. Cette phrase venait de resurgir dans son esprit. Oui, c'était un de ses interdits personnels, que Fingan lui avait révélés en ce dernier jour du clan de Mog.

Ses pieds n'en pouvaient plus, ses yeux se fermaient tout seuls mais, pour sa propre survie, il devait respecter l'interdit. Il essaya de rassembler ses esprits et jeta un coup d'œil sur ses compagnons : Nédé et Ordan étaient en aussi piteux état que lui.

Sencha soupira, levant les yeux vers les hautes murailles : si, pour sa propre survie, il ne devait pas présenter son côté gauche, il devait aussi, par égard pour la ville, ne l'atteindre qu'en venant de l'est, car le sens de la vie va d'est en ouest, comme le Soleil. D'ouest en est, le Soleil passe dans la nuit, dans le royaume des morts.

Sans un mot, les trois garçons contournèrent à

main droite les lourds remparts de pierre, chemin interminable qui les menait jusque du côté du levant, et s'arrêtèrent à la première porte qui s'ouvrait après ce point.

L'arrivée avait été difficile, mais les ponts étaient toujours en place. Du haut des tours qui dominaient les portes, les gardes les dévisageaient.

En d'autres temps, ils leur auraient demandé ce qu'ils savaient faire, et en quoi ils pouvaient être utiles à la ville à laquelle ils demandaient asile. Mais aujourd'hui, on était en guerre.

– Nous arrivons de chez les Vénètes, dit seulement Sencha, le plus fort qu'il put.

Ils avaient tant marché, tant cherché Medb. Ils étaient fatigués, dans leur corps et dans leur esprit, à la limite de l'épuisement. Ils sentaient les Romains partout. Ils avaient longé les ravins et grimpé les à-pics à travers les forêts d'Armorique, glissant sur la mousse, s'accrochant les pieds dans les racines.

Leurs yeux étaient creusés par des cernes, leurs vêtements sales et déchirés. Ils n'avaient pas dormi depuis trois jours.

– Nous sommes du clan de Dallan, dit encore Sencha.

Lever la tête vers les gardes, là-haut, lui devenait intolérable.

– Faites-les entrer, dit quelqu'un. Je pense qu'ils disent vrai. Ce sont sûrement les Coriosolites qui ont aidé au rassemblement des peuples d'Armorique.

La lourde porte s'ouvrit sur des visages avides.

– C'est vrai, vous avez combattu avec les Vénètes ?

– Où sont les Romains, en avez-vous vu ?

– Et la flotte vénète ? Ils n'ont pas pu couler la flotte vénète !

– Ceux de notre peuple qui les avaient rejoints, que sont-ils devenus ?

– Les Romains viennent par ici, murmura Sencha. Mais ils sont encore loin.

– Qu'ils viennent ! Nous saurons les accueillir.

Sencha se réveilla brutalement. Il venait d'entendre Medb hurler dans la forêt en feu. Il s'assit d'un bond mais, autour de lui, il n'y avait que les murs de bois d'une petite hutte.

– Enfin ! dit une voix d'homme. J'ai rarement vu quelqu'un dormir aussi longtemps !

Sencha jeta un regard circulaire. Ordan et Nédé étaient allongés sur un matelas de paille tout pareil au sien, de l'autre côté du four domestique. Le bruit leur fit ouvrir les yeux.

L'homme qui avait parlé se tenait dans l'ouverture de la porte, à contre-jour.

– Nous avons dormi... longtemps ? balbutia Sencha.

– Voilà deux nuits que vous êtes là.

– Deux nuits ?... Et une jeune fille... Il n'est pas venu une jeune fille ?

– Comment ça ? Nous avons ici une foule de jolies filles, peut-être que l'une d'elles est venue voir la tête que vous aviez, elles sont tellement curieuses !

– Non, dit Sencha, je veux dire... quelqu'un qui aurait demandé asile, comme nous.

– Une fille très jolie, ajouta Ordan, très brune...

– Ah ! Non ! Pas vue.

Sencha se laissa retomber sur son matelas, le bras sur son front.

– Vous devriez aller vous laver, proposa l'homme, et on vous apportera des vêtements propres.

La lumière qui venait du dehors était extrêmement vive et on entendait parler avec animation. Il y eut aussi des aboiements de chiens, une dispute de poules, des coups de marteaux, des cris d'enfants qui s'approchèrent, puis s'éloignèrent à nouveau.

La vie.

Il y avait longtemps qu'ils n'avaient plus connu le bruit d'une ville qui respirait. Sous le soleil du matin, les jeunes filles riaient en écrasant le grain. De temps en temps, elles s'arrêtaient de tourner la meule pour se lancer des plaisanteries, tout en lorgnant les deux hommes qui, torse nu, se lavaient à la fontaine, se frottant vigoureusement le corps.

Les commentaires allaient bon train. On trouvait les jeunes gens plutôt beaux, forts – surtout le brun – et bien bâtis tous les deux. Ils ne devaient pas être très vieux, car leur barbe manquait encore de consistance.

Puis les bavardages se turent d'un coup. Le plus blond des deux garçons venait de sortir son poignard de sa ceinture et le passait longuement sur l'auge de pierre qui recevait l'eau de la fontaine, pour en refaire le fil. Ensuite, il s'installa accroupi devant le miroir appuyé à la pierre, et commença à se raser la barbe.

On chuchota, on se consulta du regard, jusqu'à ce qu'une jeune fille se lève et se dirige vers la grande hutte rectangulaire, qui devait être celle du chef.

Un mouvement à ses côtés fit réagir Sencha : l'homme qui se tenait devant lui, jambes écartées et bras croisés sur la poitrine, l'observait avec attention. Il se leva et salua en reconnaissant en lui, sans aucun doute possible, le maître de la cité. Il était accompagné d'un homme plus petit, qui restait un peu en arrière : le barde, évidemment.

– Ma fille est venue me prévenir que tu t'étais rasé. Si tu es de la branche des chefs, pourquoi ne l'as-tu pas dit ?

– Je n'y ai pas pensé. Je crois que mon esprit était ailleurs. Je venais de vivre trop de moments pénibles... Mon père était Mog, chef du clan de Dallan et des clans alliés.

– Mog... dit l'homme.

Il dévisageait Sencha avec attention de ses yeux gris. Il n'était plus très jeune, mais il se dégageait de sa personne une impression de force, de puissance, peut-être à cause de ses muscles saillants mis en valeur par de larges bracelets d'or, peut-être aussi à cause du magnétisme de son regard. De nombreuses bagues couvraient presque tous ses doigts.

– Le clan de Dallan... c'est celui qui possède le torque d'or !

Sencha lui lança un regard incrédule.

– Vous connaissez... Vous avez déjà vu ce bijou ?

L'homme fit un signe négatif.

– Nous ne l'avons jamais vu, dit le barde d'une voix lente, mais tous les chefs savent sa beauté, la valeur qu'il représente... Il est le peuple des Celtes tout entier, et le seul héritage qui nous reste de nos lointains ancêtres, à nous les Celtes du Soleil Couchant.

– Parle-moi de ta présence ici, reprit le chef. On dit que tu as participé à la bataille des Vénètes. Raconte.

Trois nuits avaient passé depuis qu'ils s'étaient réveillés de leur long sommeil et Medb n'avait toujours pas reparu. Ils n'en parlaient pas entre eux, mais au fond de chacun grandissait de jour en jour la certitude qu'elle avait péri dans la forêt.

Nédé s'était installé à la forge où il faisait merveille. Ordan et Sencha s'occupaient des chevaux, effectuaient des reconnaissances régulières dans le pays et prenaient leur tour de garde sur les remparts, à l'une ou l'autre des quatre entrées de l'oppidum.

La place forte était énorme, si longue que, de l'entrée située au levant, on ne pouvait apercevoir l'homme de garde à la porte nord.

– Ce César peut venir, avait affirmé le chef, jamais il ne nous atteindra. Ces murs que tu vois sont hauts comme trois hommes, et plus épais encore, tout de pierres, armés de poutres énormes assujetties entre elles avec des chevilles de fer. Crois-moi, César se cassera les dents.

Pour monter la garde, Sencha préférait la tour sud-est. De là, il voyait au loin le moutonnement continu des forêts, et c'est par là que pouvait un jour arriver Medb.

– Tu es monté pour guetter les Romains, lui rappela Ordan, d'en bas.

Sencha l'agaçait, à avoir encore de l'espoir ; comment ne comprenait-il pas que Medb n'était plus ? Si le feu n'avait pas consumé son corps menu, c'est les Romains qui l'auraient capturée et tuée : une esclave en fuite ! Sinon, même à pas de fourmi, tout ce temps passé lui aurait largement suffi à les rejoindre. Non ! Il ne fallait pas avoir d'espoir et, si Medb était encore en vie, c'est qu'elle n'avait pas choisi de les retrouver au camp des Osismii. Après tout, elle l'avait dit mille fois, elle était libre, libre d'aller où bon lui semblait, avec qui lui plaisait !... Mais au fond, il ne le savait que trop : Medb n'aurait pas quitté ainsi Sencha. Ça le faisait enrager, mais c'était la vérité. Non, si aujourd'hui Medb n'était pas là, c'est qu'elle n'était nulle part ailleurs sur cette terre.

Il grimpa lestement jusqu'à la tour où guettait son ami.

– Je te remplace, dit-il. J'ai envie d'être le premier à apercevoir ces maudits Romains. Je leur ferai passer le goût des victoires faciles. Ici, le vent ne peut être avec ou contre nous, l'épée seule fera sa loi, le premier Romain que j'aperçois, je lui saute dessus.

– Toujours la méthode forte ! soupira Sencha. Écoute plutôt mon conseil : le premier Romain que tu apercevras ne sera pas seul, crois-moi. Donc, au lieu de sauter sur lui, tu lanceras le cri d'alarme.

– Bon... grogna Ordan. Toujours tergiverser, toujours raisonner au lieu de foncer !

– La victoire est à ce prix.

– Pff... peut-être... peut-être la victoire, mais pas le plaisir.

– Tu ne changeras donc jamais, Ordan ! Te battre, c'est la seule chose qui compte !

Du revers de la main, Ordan donna un coup sec sur l'épaule de son ami. Sur son visage, un sourire amusé.

– Bon sang, dit soudain Ordan. Regarde ça !

Un homme sortait du bois, vieux, titubant. Son costume était celui des druides, et il semblait très mal en point.

– Homme au sud ! cria Ordan à l'intention de ceux d'en bas.

– Il demande asile ?

– Il ne demande rien du tout. Il vient de s'effondrer. Il porte à la main une crosse. Ça m'a tout l'air d'être un druide.

En bas, on s'entre-regarda, et un nom surgit enfin :

– Amorgen !

On ouvrit la porte, on se précipita.

– Amorgen ! souffla Sencha.

Il était penché sur le vieillard dont il tenait dans la sienne la main maigre aux veines saillantes.

– Amorgen ! Je suis Sencha, le disciple de Fingan. Amorgen ! Vous m'entendez ?

Allongé dans la pénombre, le druide des Osismii semblait n'avoir aucune conscience du lieu où il se trouvait. Sa robe était imbibée du sang de la large blessure qu'il avait reçue au ventre. Il refusait qu'on le touche, qu'on le soigne, et repoussait les mains sans un mot, même celles de sa femme qui sanglotait rien que de le regarder.

Seul Sencha avait pu rester à ses côtés, comme si Amorgen avait senti en lui un être proche.

– Fingan... bredouillèrent les lèvres blanches... Tu es... tu es Sencha. Je sais...

Il fixa le garçon d'un regard lointain, et ajouta :

– Les Romains... peuple exterminateur. EXTERMINATEUR !

Sa voix retomba.

– Tu es Sencha. Tu ne survivras pas. Les Romains sont en train de détruire les druides... tous les druides.

Sencha resta atterré. Enfin, sans même y penser, il murmura :

– Je ne suis pas druide, et j'en suis bien loin. Il me reste de longues années d'études.

– Sencha... écoute-moi. Notre civilisation est durement frappée. Il ne faut pas rester ici. Tu appartiens au monde druidique, tu dois en continuer la tradition sacrée. Ici, ce sera impossible. Impossible ! Il faut que tu partes. Ta mission...

– Amorgen ! chuchota Sencha, Amorgen, que voulez-vous dire ?

La bouche fanée s'ouvrit un peu et Sencha approcha son oreille.

– Va. Tu es le gardien de notre civilisation et de notre science, va en Bretagne. Va en Bretagne. Il faut partir, m'entends-tu ?

Un homme sortait du bois, vieux, titubant. Son costume était celui des druides, et il semblait très mal en point.

La tête retomba après ce dernier effort. Amorgen était mort.

– Je te donne un cheval, dit le chef.

– Non, non. C'est inutile. Vous en aurez bien besoin ici. Je pars à pied. De toute façon, les Romains ne sont pas arrivés aussi loin, et je serai là-bas bien avant eux, s'il leur prenait l'envie de voir la côte nord.

– En plus, remarqua Ordan, il faut faire confiance aux Celtes de l'intérieur pour briser leur élan, leur étudier des pièges qui s'ouvrent sous leurs pieds ou qui leur tombent du ciel.

– Le cheval ne nous manquera pas, insista le chef, et ta vie importe plus que toutes celles de mes guerriers. Garde bien notre peuple en toi, Sencha, et ne refuse pas le cadeau d'un ami.

Le jeune homme saisit finalement les rênes de cuir qu'on lui tendait. Il acceptait.

Il salua ses compagnons, serra Ordan sur son cœur et, sans un mot, entraîna son cheval vers la porte nord.

Les guerriers de la garde firent glisser l'épaisse barre qui la fermait. Elle bâilla en grinçant.

Au même moment, une vieille femme apparut dans l'angle de la porte et Sencha reconnut en elle l'épouse du druide Amorgen.

– Prends ce pain, dit-elle, et prends ces pommes. Tu y trouveras la science et la sagesse de tes aînés. Chaque fois que tu en mangeras une, pense à Fingan, pense à Amorgen et à tous tes maîtres.

Elle n'ajouta rien et s'en fut d'un petit trottinement rapide.

Sencha sauta en selle, garda son cheval au pas pour franchir les talus de pierre et les fossés où il aurait pu se rompre les pattes, puis il prit le galop.

Le soleil allait se coucher. A la porte est résonnèrent des coups sourds. Le garde se pencha vers l'extérieur, puis se laissa tomber de la tour au milieu des gosses qui jouaient dans l'oppidum. Il traversa la place en évitant une carcasse de sanglier et marcha tout droit vers le groupe des huttes de bois pour s'arrêter devant la dernière.

– C'est bien toi, Ordan ?

– C'est moi.

– Il y a quelqu'un à la porte est. Une fille. Elle dit qu'elle te connaît. Elle porte au cou un torque d'or.

17

Sencha reconnaissait le paysage : il était déjà passé par là en revenant de l'île de Bretagne, après son si difficile voyage. Comme tout cela était loin, aujourd'hui ! Que de bouleversements dans sa vie ! Plus rien ne pouvait être comme avant. Les êtres qu'il avait aimés avaient disparu, et l'Armorique tout entière lui semblait devenue un désert.

Son cheval était solide. Il l'avait emmené d'un pas sûr hors des montagnes du centre. Ici, l'air était plus humide et salé, annonçant la proximité de l'océan. On avait encore changé de pays. La qualité de l'atmosphère, l'odeur du vent, tout était devenu différent, différent des montagnes de l'intérieur, différent aussi de la côte si douce du Sud. Ce pays-ci portait en lui une certaine âpreté.

Demain, Sencha aurait rejoint la mer. Il la savait proche, vers le nord, mais il ne pouvait perdre trop de temps à longer ses criques innombrables, malgré le plaisir qu'il aurait eu à arpenter une dernière fois les frontières de son Armorique.

Il devait aller vers l'est, c'est ce que lui avaient expliqué les Osismii, en déviant très légèrement vers le nord, jusqu'à ce qu'il rencontre une profonde baie. Il la contournerait et longerait la mer en direction du port d'Aleth. Cela prendrait un peu de temps, mais les terres de l'intérieur risquaient fort, dans cette zone, de pulluler de Romains.

– Non, Medb, pas Sencha. Sencha est parti, dit Ordan. Mais je suis là, je vais m'occuper de toi.

– Où est-il parti ?

– Je ne sais pas. Vers le nord, je crois.

– Tu ne sais pas où est parti ton meilleur ami ?

– Tes pieds sont très abîmés, dit Ordan, il faut te soigner.

– J'ai déjà été soignée par un druide de Brocéliande.

– Ils ont été brûlés profondément, et...

– Ordan ! Réponds-moi, s'il te plaît... Ordan ! Il n'est pas mort, n'est-ce pas ?

– Non... Enfin, pour toi il est mort. Il a quitté l'Armorique.

– Par où est-il parti ? s'écria Medb en se levant d'un bond.

Elle fit une grimace de douleur et dut se rasseoir.

– Arrête, Medb, arrête ! Sencha est loin, c'est tout. On ne peut plus le rattraper. Il est investi d'une mission qui nous dépasse tous. Tu dois l'oublier, Medb.

Il lui caressa le visage d'une main maladroite, et la jeune fille ne s'écarta pas. Ses yeux étaient lointains.

Puis son regard se reporta sur Ordan qui lui souriait, et elle répondit tristement à son sourire.

– Tu as raison, dit-elle enfin.

Elle souleva son pied droit et le ramena sur son genou gauche pour en examiner le dessous. Il était très vilain à voir, taché de noir et de rouge. La chair était à vif, marbrée de brûlures.

– Il y a quelqu'un qui saurait me soigner ? demanda-t-elle.

– Bien sûr, s'exclama Ordan. La femme du druide connaît bien les plantes. Surtout ne bouge pas : je te l'envoie. Je reviendrai te voir tout à l'heure ; maintenant, c'est mon tour de garde.

La vieille femme entra, sa lourde robe traînant jusqu'au sol, ses tresses grises encadrant son gros visage tout fripé. Sans rien dire, elle souleva les pieds de Medb un à un, hocha longuement la tête, puis ouvrit le pot de terre qu'elle avait posé à côté d'elle.

L'onguent qu'elle étala sur les pieds de la malade apportait une fraîcheur, un soulagement... Medb remercia.

Elle attendit que ses pieds soient emmaillotés dans des bandes de tissu et demanda :

– S'il vous plaît, je n'ai pas encore vu Nédé... Pourriez-vous lui dire de venir ?

Elle accompagna sa demande de son plus beau sourire, et la vieille sortit sans répondre autrement que par un léger signe de tête.

L'apparition soudaine de la mer entre deux falaises lui porta un coup au cœur. Ainsi, c'était fini. Ainsi, il partait. Et si Medb... ?

Non, Medb n'était certainement plus de leur monde.

Le cheval buta sur une branche, faillit tomber et Sencha dut tirer sur les rênes pour l'aider à se rétablir. Puis il lui flatta l'encolure. C'était un beau cheval roux, très doux et pacifique, rassurant.

S'il avait été sûr, sûr que Medb... alors il serait parti sans regrets. Par moments, c'était comme si le cœur lui remontait dans la gorge. Partir ? Partir. Il le devait. Il le devait.

De l'autre côté de la crique, il apercevait le promontoire coriosolite qui s'avançait dans la mer, la contenant de tous côtés de sa haute barrière de rochers que les vagues assaillaient rageusement.

Il était presque au bout de son voyage. Demain, ce serait Aleth, le bateau, la Bretagne. Inconsciemment, il ralentit encore le pas de son cheval. Le terrain était si accidenté qu'à force de bosses et de trous, il lui avait moulu les reins. Le cheval aussi semblait fatigué. Sencha l'arrêta au bord du premier fossé...

La presqu'île était bien défendue : depuis le premier fossé qui la barrait entièrement, la séparant du reste de la terre, on apercevait un énorme talus de pierres, probablement suivi d'un autre fossé. L'oppidum s'élevait au bout, face à la mer.

Sencha avait déjà dû décliner son identité aux nombreux guerriers coriosolites qui surveillaient les abords du cap. Les paysans des fermes éparpillées n'avaient pas encore quitté leurs maisons, mais ils avaient déjà enterré les objets de valeur et regroupé les récoltes en prévision de la première alerte.

Pour l'instant il ne semblait pas y avoir de Romains dans ces parages, toutefois leurs mouvements étaient si rapides qu'il valait mieux se tenir prêt.

Au-dessus des fossés, les ponts de bois étaient en place, gardés par des hommes armés de la longue épée de fer.

Devant, à droite et à gauche, la mer rugissait, se précipitant sur le pied du rocher.

Sencha descendit de cheval, signe qu'il se reconnaissait demandeur et non pas conquérant, et l'asile en ce lieu impressionnant lui fut accordé.

– Ce n'est pas vrai ! cria Ordan. Je rêve ! Ce n'est pas vrai !

– Elle avait les pieds tout entourés de bandages, dit le garde. Elle m'a demandé de lui ouvrir la porte. On n'a jamais empêché quelqu'un de sortir !

Ordan fulminait.

– Au début de la nuit, en plus !

– Il faisait encore jour. Elle m'a dit qu'elle allait cueillir des plantes pour se soigner. Tu sais bien que le crépuscule est le meilleur moment pour le faire et, cette nuit, la lune était si brillante qu'on y voyait presque comme en plein jour.

– Triple idiot ! hurla Ordan.

L'autre sortit aussitôt un poignard menaçant. Ordan l'imita, et les deux hommes se guettèrent, jambes fléchies, l'œil mauvais.

– Ça suffit ! cria le chef. Ne croyez-vous pas qu'il vaut mieux garder nos forces pour les Romains ? Rengainez vos armes !

Après une courte hésitation et une grimace de dégoût, les deux hommes se tournèrent le dos.

Ordan traversa l'oppidum d'un pas furieux.

Des coups de marteau sur une enclume lui firent soudain dresser l'oreille. Il se précipita vers la forge.

– Nédé ! s'écria-t-il en entrant, est-ce toi ?

Sans s'émouvoir, le garçon trempa dans l'eau l'épée rougie au feu qu'il venait de terminer, et un nuage de vapeur s'éleva.

– Est-ce que tu n'aurais pas, par hasard, dit à Medb où était Sencha ?

– Pourquoi ? Tu ne lui as pas dit, toi ?

– Je n'ai donné aucun détail, et surtout pas le port d'embarquement !

– Pourquoi ? interrogea Nédé en prenant de l'assurance. Pourquoi ne lui as-tu pas donné le nom d'Aleth ?

– Parce que je craignais ce qui vient d'arriver. Tu lui as dit, hein ?

– Je le lui ai dit... et arrête de crier. Medb est libre, entends-tu ? Est-ce que tu ne l'as jamais compris ?

– Libre de se faire tuer ?... Sencha a trop d'avance sur elle et, en plus, il est à cheval !

– Elle est partie de nuit : cela lui fait moins de retard.

– Et ses pieds ! Tu as vu ses pieds ? Elle ne résistera jamais ! et sans parler des Romains...

Il cogna du poing sur l'enclume. Nédé eut un geste apaisant.

– Je le lui ai dit. Je lui ai tout dit : que c'était irréaliste, dangereux, sans espoir... Mais tu la connais, non ? Elle m'a écouté en souriant, et elle m'a dit qu'elle me remerciait du souci que je me faisais pour elle. Voilà tout.

Ordan marchait maintenant de long en large dans la forge.

– Elle n'arrivera jamais ! Quel idiot tu fais !

Nédé tourna le dos sans répondre. Il comprenait les craintes d'Ordan mais savait bien que ce n'était pas la seule raison de sa colère. La jalousie... oui... Il comprenait cela aussi.

Il mit sur la flamme une nouvelle épée, toute tordue. Celle-ci ne serait pas facile à redresser !

18

Au-dessus de la mer, la brume montait lentement, envahissant peu à peu les criques serrées entre les rochers abrupts.

Dans le bois d'ifs, Sencha avançait avec précaution, en tenant son cheval par la bride. Des ifs ! S'il avait su, s'il avait eu la science de Fingan, il aurait pu graver dans leur tronc des ogams divinatoires, des signes magiques qui lui auraient indiqué l'endroit où se trouvait Medb. Mais il ne savait rien ! Rien !

La brume étouffait les sons. De la mer ne parvenait plus qu'un sourd grondement, un bruit de fond inquiétant et sournois.

L'oppidum fantomatique se dressa devant lui avant qu'il ne l'ait vu se profiler et, au même moment, une lance nerveuse se pointa sur sa poitrine.

– Qui es-tu ?

– Je suis Sencha, fils de Mog.

– Que viens-tu faire ici ?

– Je ne fais que passer. Je cherche un bateau pour la Bretagne.

La porte ne s'ouvrit qu'à peine, juste pour laisser entrer le garde, qui disparut aussitôt.

Sencha attendit un long moment que l'homme réapparaisse. Il n'était pas loin de penser qu'on l'avait oublié, quand enfin une voix lui parvint à travers la porte :

– Si tu veux embarquer, fais le tour de l'oppidum !

– Je ne suis pas un ennemi. J'appartiens au peuple des Coriosolites.

– Peut-être dis-tu vrai, mais des bruits courent sur des espions à la solde des Romains. Les ordres sont de ne pas ouvrir cette porte et je m'en tiens là.

– Je cherche un bateau qui parte pour la Bretagne.

Le pêcheur qui roulait son filet regarda Sencha, le détailla des pieds à la tête avant de répondre :

– Il n'y en a pas.

– Pas un seul ?

L'homme le dévisagea encore, les yeux mi-clos.

– D'abord, pourquoi veux-tu te rendre en Bretagne ?

Sencha hésita un moment avant de répondre.

– J'y suis envoyé par le druide Fingan. Je vais continuer ma formation chez mes maîtres bretons.

La phrase sembla faire son effet. Les yeux étaient moins soupçonneux. Ils le devinrent moins encore lorsque Sencha tira de sa ceinture une des trois pièces d'or que Fingan lui avait remises.

Le pêcheur la considéra sans rien dire, nota mentalement la présence du sanglier gravé. Une pièce d'or, coriosolite sans aucun doute. Une belle valeur. Il la saisit entre ses doigts, la soupesa, l'étudia. Ancienne sûrement, car des pièces d'or on n'en voyait plus guère, et il s'y connaissait : depuis le temps qu'il faisait du commerce avec les peuples de la côte !

Il reposa la pièce dans la main de Sencha.

– Attends-moi là, dit-il, et il disparut du côté de l'oppidum.

Assis sur un rocher, Sencha attendit une nouvelle fois, longtemps, en jetant des cailloux dans l'eau, et en remuant de sombres pensées. La brume se désagrégeait peu à peu et, par instants, le soleil la teintait d'un jaune sale.

Sencha prit tout son temps pour croquer sa dernière pomme, en songeant à ses maîtres, à ses amis. Puis il attendit encore, interminablement.

De toute façon, avec cette brume, aucun navire ne se risquerait à quitter le port.

Le pêcheur revint enfin. Il portait maintenant une grosse veste de cuir qui le faisait davantage ressembler à un marin. Trois hommes costauds l'accompagnaient.

– On embarque, dit-il. Le cheval vient-il aussi ?

– Il vient.

– Bon, on va toujours le faire descendre au fond, et on attendra que la brume nous lâche un peu la voile.

Le port baignait dans un lourd silence. Même les pas des hommes qui gréaient le navire semblaient assourdis.

Sencha n'arrivait pas à se débarrasser de cet étouffement qui le saisissait par vagues, le faisant suffoquer. Et puis, quand ça s'arrêtait, il lui prenait envie de crier. Il serrait alors ses mains sur le bastingage pour s'empêcher de sauter sur le ponton de bois et de courir à terre.

L'atmosphère prenait une douce teinte jaune, et on aperçut même un coin de bleu, tout là-haut.

– On part ! décréta le maître du bateau.

Dans un bruit de chaînes et de craquements de bois, le navire s'écarta peu à peu du quai. L'oppidum s'éloignait, un reste de brume accroché à ses remparts.

– Aleth ? dit le paysan. Ce n'est plus très loin. Tu peux dormir ici : c'est dangereux pour une jeune fille toute seule de circuler après le coucher du soleil.

– Elle ne tient même plus sur ses jambes, dit la femme. Fais-la donc entrer. Qu'elle mange et qu'elle dorme. Aleth ! Elle y sera au prochain coucher de soleil si elle se repose. Si elle ne se repose pas, elle aura rejoint avant les Iles Fortunées.

– Cré bon sang, grogna le capitaine. Voilà cette saloperie de brume qui remet ça ! C'est levé sur la côte, pas sur la mer !

Pas un pouce de vent pour chasser cette purée de pois. Le navire grinça, puis amorça un demi-tour : il rentrait à la côte.

– On partira demain, si les dieux le veulent bien. Demain aux aurores. On dort sur le bateau, pour être prêts. Toi, mon garçon, installe-toi sur les cordages. Je vais nourrir ton cheval.

A l'aube du nouveau jour, la brume ne s'était toujours pas levée. On distinguait à peine les silhouettes immobiles des navires fantômes. L'air semblait empli d'esprits inquiétants que n'arrivait pas à dissiper la pâle clarté du jour.

Étant donné le temps qui passait, le soleil devait déjà être haut. L'attente devenait pénible, éprouvante pour Sencha. S'ils étaient partis la veille, comme prévu, il aurait sans doute retrouvé la paix : tout aurait été dit. Mais maintenant...

Malgré la brume, on entendit un brouhaha du côté de l'oppidum, des cris.

Puis une ombre apparut sur la jetée.

– Les Romains ! Les Romains !

Sencha bondit.

– Vite ! Il faut appareiller !

– Appareiller ? Sûrement pas ! Il faut défendre la ville si jamais ces Romains deviennent menaçants, hurla le capitaine.

Sencha lui saisit la manche.

– C'est extrêmement important, dit-il. Vital. Je ne dois pas tomber entre les mains des Romains. Et puis... rien ne dit qu'ils vous attaqueront. Il ne passe ici que des patrouilles, les armées sont loin !

D'un geste vif, il sortit de sa ceinture une deuxième pièce d'or et la glissa au capitaine.

– C'est bon... c'est bon... Appareillez !

Pour deux pièces d'or, la brume ne comptait

plus. D'ailleurs, elle semblait moins dense. Sencha distinguait mieux le ponton de bois, et même une silhouette, une silhouette de femme...

Son regard se figea, ses doigts blanchirent sur le bastingage de bois.

– Attendez ! cria-t-il soudain.

Avec stupéfaction, les matelots suivirent des yeux cet étranger un peu bizarre qui courait sur le quai. Après avoir tant insisté pour partir au plus vite, voilà qu'il quittait subitement le navire et... oui... il avait rejoint une jeune fille, là-bas, et la serrait, l'embrassait comme un fou. Enfin il la souleva de terre, la portant dans ses bras.

Medb dormait maintenant sur les cordages, enveloppée dans le manteau de Sencha. Elle semblait si fatiguée, ses traits étaient tirés, ses yeux cernés. Les linges qui enveloppaient ses pieds étaient pleins de sang.

Agenouillé près d'elle, Sencha passa la main sur ses cheveux bruns, doucement pour ne pas la réveiller. Il remonta bien la cape sur les minces épaules et caressa du bout du doigt la torsade lisse et régulière du torque d'or. Puis son regard se leva vers les remparts de l'oppidum, vers les côtes de l'Armorique qui disparaissaient à tout jamais dans les brumes lointaines, et les larmes lui montèrent aux yeux.

Si vous rêvez d'**aventure**
et d'**évasion**,
voici des livres qui vous emmèneront
au bout du monde

dans la collection FOLIO **JUNIOR**

MER MISÈRE

Jean-Michel **Barrault**

n° 670

Erwan, mousse de treize ans, embarque à Saint-Malo sur un trois-mâts pour six mois de pêche à la morue sur les bancs de Terre-Neuve. Sensible, vulnérable, il subira le plus rude des apprentissages. A l'aube, les pêcheurs partent à bord de leurs doris relever les lignes. Ils reviennent avec un chargement de poissons qu'il faut éventrer, vider, saler. Le froid, des journées qui n'en finissent pas, un travail de forçat pour un salaire dérisoire sont leur lot quotidien.

Pourtant, Erwan repartira: la mer et l'aventure l'ont envoûté...

Le monde perdu

Sir Arthur **Conan Doyle**

n° 665

Arracher une interview au professeur Challenger, tel est l'impossible exploit que le jeune et intrépide reporter Ned Malone veut tenter. Car ce savant renommé, au tempérament bouillant, tient la corporation des journalistes pour la plus infâme et la plus méprisable des sous-espèces de l'humanité.

Une aventure qui conduira Ned aux confins de l'Amazonie, jusqu'à un vaste plateau isolé : un monde perdu où l'évolution s'est arrêtée il y a des millions d'années...

Kopoli, le renne guide

Jean **Coué**

n° 618

En Laponie, dans le Grand Nord glacé, la longue nuit de l'hiver arctique commence. Et cette année, le clan d'Uldra le chef – quelques familles et deux mille rennes – a confié sa survie à un nouveau guide : Kopoli, le renne, qui devra découvrir sous la neige et la glace le lichen nécessaire à la vie. C'est aussi Kopoli qui devra défendre le troupeau contre Ukala le loup...

Avec Uldra le chef, Perenn le sorcier, Kopoli le renne guide et Kaloo l'ours blanc, c'est tout un monde simple et sauvage que raconte Jean Coué. Un monde à l'image du rude désert blanc.

Le Grizzli

James Oliver **Curwood**

n° 766

Aucun homme n'a encore pénétré dans les montagnes rocheuses canadiennes. Comment Thor, le puissant grizzli qui règne sur la vallée, aurait-il pu se méfier de cette odeur inconnue, l'odeur de l'homme ? Blessé par l'un des deux chasseurs qui le traquent, il se réfugie dans une grotte où un ourson orphelin le rejoint. Thor s'habitue à la présence de l'ourson, le protège, le nourrit, et découvre la joie d'avoir un compagnon. Mais au loin le fusil des hommes gronde et le danger se rapproche. Thor parviendra-t-il à déjouer les pièges des chasseurs ?

Le pays où l'on n'arrive jamais

André **Dhôtel**

n° 464

Depuis sa plus tendre enfance, Gaspard suscite, par sa seule présence, les événements les plus surprenants... aussi se méfie-t-on de lui à Lominval. Et voici que survient un enfant aux yeux purs, qui va entraîner Gaspard dans sa quête du Grand Pays, le pays des vagabonds, où palmiers, bouleaux, chênes et pommiers croissent, dans la terre noire, près de la mer...

Guidés par un mystérieux cheval pie, les deux amis partent à la poursuite de leur rêve...

Sa Majesté des Mouches

William **Golding**

n° 447

L'avion qui transportait des collégiens britanniques vient de s'abîmer dans le Pacifique. Les enfants se retrouvent seuls sur une île montagneuse. Obéissant à Ralph, le chef qu'ils ont élu, ils s'organisent pour survivre.

Mais, pendant la nuit, leur sommeil se peuple de créatures terrifiantes. Et s'il y avait vraiment un monstre tapi dans la jungle ? Sous l'impulsion de Jack, un garçon violent, jaloux de Ralph, la chasse au monstre est déclarée. Mais les partisans de Jack et ceux de Ralph ne vont pas tarder à s'affronter cruellement…

Capitaines courageux

Rudyard **Kipling**

n° 556

Les capitaines courageux : des marins aux prises avec les colères de l'Atlantique Nord, affrontant sans répit les tempêtes les plus violentes dans leur recherche des grands bancs de poissons ; des hommes dont la vie toute entière n'est que sacrifice et héroïsme.

Harvey Cheyne, jeune et insupportable héritier d'une immense fortune, tombe accidentellement à la mer au cours d'une croisière et est recueilli par la

Sommes-Ici, un bateau de pêche. Obligé de partager pendant quelques mois le sort de ses compagnons de voyage, il oublie peu à peu ses origines et son passé d'enfant gâté pour, au contact de la mer, devenir un homme.

L'APPEL DE LA FORÊT

Jack **London**

n° 431

Admiré par tous et choyé par son maître, le chien Buck n'a vraiment pas de raison de se méfier des humains. Un homme va pourtant l'arracher à son foyer; un autre va lui enseigner la dure loi du plus fort. Devenu chien de traîneau, Buck découvre la violence, le goût du sang. Des rivalités déchirent la meute dont il fait maintenant partie. Alors que Buck s'éloigne de la civilisation, une voix venue de la forêt éveille dans sa mémoire l'appel de la nature, puissant, irrésistible…

MOONFLEET

John **Meade Falkner**

n° 509

Sur la côte sauvage du Dorset, le jeune John Trenchard partage l'existence dangereuse des contrebandiers du petit village de Moonfleet, risquant le gibet pour débarquer les barils d'eau-de-vie qu'ils rapportent du continent.

Mais la quête du fabuleux diamant de Barbe-Noire, dont le fantôme hante le cimetière de Moonfleet, l'entraîne dans une aventure encore plus périlleuse, qui le conduira bien loin de l'Angleterre...

LE SILEX NOIR

Louis **Mirman**

n° 566

Un enfant doit être sacrifié à la Terre pour obtenir le Ka-loun, le silex noir magique qui donnera la victoire aux chasseurs de la tribu.

Zaag, le devin, a interrogé les Esprits, et nul n'ose contester son autorité. Mais le jeune Finn s'interroge : quel est le secret du devin ? Que deviennent les enfants qu'il emmène chaque année, la nuit, pour le sacrifice ?

LE JOUR DES BALEINES

Michael **Morpurgo**

n° 599

Pour tous les habitants de Bryher, petite île au large de l'Angleterre, Zacharie Pétrel, surnommé l'Homme-Oiseau, est un vieux fou un peu sorcier. Pour tous, sauf pour deux enfants, Gracie et Daniel, qui deviennent ses amis. Mais Gracie et Daniel sont intrigués par le lien mystérieux qui unit l'Homme-Oiseau à l'île Samson, sur laquelle plane l'ombre d'une ancienne malédiction.

Le vœu du paon

Jean-Côme **Noguès**

n° 616

En pays d'Oc, vers 1204. Jordi, le jongleur, a promis au jeune Grillot de l'emmener dans son éternel voyage, de château en château. L'heure est venue, enfin, de cette marche vers les montagnes dont l'enfant rêve depuis de longues années. Peut-être découvrira-t-il enfin qui étaient ses parents, et pourquoi il fut abandonné, à peine né, près d'une fontaine…

Un mousse au cap Horn

Jean **Randier**

n° 601

Juillet 1907. Le trois-mâts Général-Bonaparte *appareille de Nantes à destination de Portland, sur la côte ouest des États-Unis. Le bout du monde : le Pacifique Nord, par le cap Horn. A bord du grand voilier, Yves Audren, un jeune mousse de onze ans. Embarqué pour satisfaire la cupidité des Jaffrenou, couple brutal et âpre au gain qui l'a recueilli à la mort de son père, l'orphelin va retrouver, au milieu de ces hommes rudes, une autre famille. Il y apprendra la vie tout court et ce premier voyage décidera de son avenir : il sera un jour, lui aussi, capitaine au long cours.*

Ivanhoé

Walter **Scott**

n° 243/244

Richard Cœur de Lion, roi d'Angleterre, a été fait prisonnier par le duc d'Autriche au retour de la troisième Croisade. En son absence, son frère, Jean sans Terre, cherche à s'emparer de son trône. Au cours d'un tournoi, un mystérieux chevalier va vaincre tous les héros de la noblesse normande, alliés de Jean. C'est Wilfred d'Ivanhoé, compagnon de Richard. Avec l'aide de Lady Rowena, la blonde Saxonne, de la belle juive Rebecca, mais aussi de Robin des Bois, Ivanhoé va se dresser contre le projet du frère félon...

L'île au trésor

Robert Louis **Stevenson**

n° 441

Un marin balafré s'est installé à l'auberge tenue par la mère du jeune Jim Hawkins. Très vite, Jim comprend que le vieux boucanier, malgré ses chansons et son goût immodéré pour le rhum, n'est pas un marin ordinaire, et qu'une terrible menace pèse sur lui...

Vendredi ou la vie sauvage

Michel **Tournier**

n° 445

Septembre 1759. Robinson est à bord de La Virginie, *faisant route vers le Chili. Une tempête formidable précipite le navire sur des récifs, et Robinson, seul survivant du naufrage, échoue sur une île déserte. Livré à lui-même, sa solitude va le contraindre à faire preuve d'ingéniosité, de persévérance et de courage, afin de survivre dans ce monde sauvage. Jusqu'au jour où, se croyant abandonné de tous, il découvre un être humain pour le moins surprenant...*

Aventures de trois Russes et de trois Anglais dans l'Afrique australe

Jules **Verne**

n° 226

Février 1854: William Emery, jeune astronome attaché à l'observatoire du Cap, accueille sur la rive du fleuve Orange cinq de ses plus éminents confrères, deux Anglais et trois Russes. Les six savants devront conduire une expédition de la plus grande utilité: mesurer un arc de méridien en Afrique australe. Ils progressent bientôt dans le redoutable univers africain, peuplé de crocodiles, de fauves et de pillards. En outre, la guerre éclate entre la Russie et l'Angleterre...

Quel voyage!

LES RÉVOLTÉS DE LA «BOUNTY»

Jules **Verne**

n° 90

En 1788, la Bounty, *navire de la marine royale britannique, appareille pour le Pacifique. Il est commandé par le lieutenant William Bligh qui se montre si dur envers son équipage qu'une mutinerie éclate à bord. Bligh et dix-huit de ses hommes sont abandonnés en pleine mer dans une chaloupe.*

La Bounty *et son équipage révolté font route vers la Polynésie, vers la liberté. Mais si les mutins sont pris, c'est la mort qui les attend à Londres…*

Les Révoltés de la « Bounty » *est suivi de* Un drame au Mexique.

ISBN : 2-07-051628-8
Loi n° 49-956 du 16 juillet 1949
sur les publications destinées à la jeunesse
Dépôt légal : octobre 2001
1er dépôt légal dans la même collection : février 1994
N° d'édition : 06134 - N° d'impression : 56819
Imprimé en France sur les presses de la Société Nouvelle Firmin-Didot